desamores da portuguesa

desamores da portuguesa

MARTA BARBOSA STEPHENS

Este livro é dedicado a meu filho Arthur.

"Cada estação da vida é uma edição, que corrige a anterior, e que será corrigida também, até a edição definitiva, que o editor dá de graça aos vermes."

Machado de Assis, *Memórias póstumas de Brás Cubas*

A portuguesa
e Estevão

I

HÁ TEMPO procuro um modo de contar a história da portuguesa porque acredito que certos encontros são armados pelo destino como encomenda para gente. Eu me vi em um desses, na porta da escola da minha filha, o último lugar onde esperava fazer amigos. Não consigo resumir minha primeira impressão, mas não cogitei trocar palavra com ninguém até o dia em que ela me notou grávida, na saída das crianças. A filha dela também estudava ali. Então se aproximou, pensando que eu também fosse de Portugal, e com uma intimidade quase grosseira e nostálgica proferiu suas recomendações para uma gestação saudável. Falou da experiência de ser mãe de três. Quando me dei conta estava envolvida em um diálogo sobre a importância da quarentena com alguém que sequer sabia como se chamava. Os encontros e as conversas se repetiram, mas demorei a memorizar seu nome.

Qualquer um ficaria curioso sobre a portuguesa. Em meio a outras mães e pais, ela era diferente. A magreza excessiva e a coluna curva lhe davam silhueta de mulher velha, cansada e triste. De perto, porém, era cansada e triste, mas não velha. Seu rosto era jovem, e bonito. Estava claro que aquela mulher enfrentava um momento difícil. Logo nas primeiras conversas rápidas na saída da escola, contou que não falava inglês. Disse que na sua idade era mesmo difícil soltar o português e abraçar um idioma tão diferente. Depois descobri que só tinha quarenta e um anos, mas falava como se tivesse sessenta. Estava há três anos na Inglaterra sem entender o que falavam nas calçadas. Dialogou apenas com os patriotas. Fora daquele círculo, vestiu um sorriso educado e se limitou a dizer em péssima pronúncia não ser capaz de falar naquela língua. Não entendeu as capas de revista, o noticiário na TV, ou os cumprimentos do vendedor de frutas. No trabalho, limpou as escadarias da universidade cabisbaixa, desviando olhares e conversas curtas. Sua maior frustração era não ajudar as filhas nas tarefas escolares.

Comunicar-se com a escola era um de seus problemas. Por educação, coloquei-me à disposição para ajudá-la sempre que precisasse falar com a diretoria ou com a professora. Um dia a secretária me pediu que lhe traduzisse um convite para a feira de verão, explicando como deveria vestir a menina. Outra vez a fiz entender que o passeio para a praia era gratuito, e que o prazo para confirmar presença acabava em breve. Por pouco a filha da portuguesa não ficou de fora.

Mas eu não estava na igreja, quando ela chorou, sorriu e cantarolou sem entender uma palavra do que diziam no altar. Ou quando precisou ser atendida com urgência no hospital. Ou quando a vizinha insistiu em puxar conversa falando mais alto que o habitual, como se disso dependesse a compreensão.

Nos primeiros meses de expatriada, a companhia da família lhe bastou. O pai morava ali há quinze anos e nunca pronunciou nada que não fosse português. Tinha fama de sisudo, e era mesmo muito prudente em seus atos. Evitava conversas, mesmo as curtas, para não passar mal-entendidos. À vontade decerto o velho só estava entre seu povo. Falo dos portugueses legítimos, porque brasileiros e africanos não lhe pareciam confiáveis. No começo, a portuguesa achou que era normal viver em um país sem falar a língua, mas não tardou a perceber as diferenças entre ela e seu pai. Além disso, podia notar as marcas desses quinze anos de analfabetismo à saúde dele. O pai da portuguesa só sorria depois de alguns goles de bagaceira, que mandava trazer de Portugal por parentes e amigos de modo que a aguardente nunca lhe faltasse. Já não entendia a graça da vida sem a embriaguez do álcool. Bebia todos os dias. Os mais próximos evitavam comentar.

Era legítimo que não quisesse o mesmo destino. Quando a conheci, tinha as passagens de volta compradas com embarque dali a um ano. Estava em contagem regressiva, talvez por isso se sentindo ainda mais aprisionada, necessitada de se fazer entender.

Que vida absurda!, me ocorreu pensar naquela época. Ela não entendia o que diziam ao seu redor! Isso deve ser mesmo muito solitário.

Nos meses que lhe restavam ali, desenvolvemos uma espécie de amizade. Eu não me senti à vontade ao ponto de abrir-me, mas fui um bom par de ouvidos. Nos encontrávamos quase todos os dias, fazíamos em parte o mesmo caminho de volta da escola, era inverno e um chá quente de manhã antes de recomeçar a rotina muitas vezes era indispensável. Parávamos no café mais movimentado, escolhíamos umas das pequenas mesas voltadas à enorme janela de vidro, de onde víamos passar a gente local em sua vidinha.

A portuguesa nunca comia. Um chá, sem açúcar e com pouco leite, era seu pedido de sempre, repetido a mim que o traduzia ao caixa. Logo me explicou: sofria de uma doença misteriosa que lhe tirava o apetite e a saúde. De tanto passar mal com o que comia, aos poucos deixou de comer. Pesava quarenta e quatro quilos quando a conheci, e contava que seu peso corriqueiro era sessenta. Como quase todos os portugueses que conheço, ela evitou falar a palavra câncer, mas não escondeu a aflição de, após toda a demora até chegar a um diagnóstico, descobrir o pior. Passou por muitos médicos, de várias especialidades, e nenhum chegou à conclusão. O mal lhe atingia de repente, começava com uma dor de cabeça à noitinha, e logo ela não tinha mais forças para sair da cama. Qualquer coisa que comesse lhe caía mal, por isso passou dias em dieta líquida, perdendo cada vez mais peso. Desconfio que também a curvatura dorsal acentuada era efeito dessa doença. Ou carregava alguma coisa muito pesada em seu pensamento.

Eu mesma saí da nossa primeira conversa com um peso no corpo. Vi tanto desequilíbrio naquela pobre mulher que senti como um impulso a obrigação de dar-lhe alguma esperança. A portuguesa não só sofria de uma doença inventada por ela própria, mas repetia os erros continuadamente. Estava tão perdida quanto um novato. Parecia ter acabado de chegar ao mundo, sem noção alguma sobre o que encontrar.

Mas quando a conheci já haviam se passado três anos. Como é possível atravessar três anos com essa angústia, uma coisa crescendo no peito, dor, dor mesmo! Ela não tentou aprender inglês, nem antecipou sua volta para casa. Insistiu ao seu modo, esperando que um milagre a salvasse.

"Eu preciso me refazer, minha cabeça está em pedaços." Ela disse isso, com essas mesmíssimas palavras, em nosso último encontro.

II

NÃO ME permito dizer que a portuguesa foi uma amiga. Não desenvolvi por ela nenhum laço muito profundo, e imagino que também a minha companhia não foi mais do que conveniente, em um momento de carência. Morar em um país estrangeiro nos exige algum esforço por uma vida em sociedade. E a portuguesa estava cansada de sentir-se sozinha. Derramada em sua mudez, atravessou os dias ocupada em ser mãe e pai de duas crianças (a mais velha, já crescida, morava no Brasil) e tinha como únicos confidentes os parentes, todos a essa altura bem fartos de suas histórias.

Quanto a mim, venceu a curiosidade. À medida que conheci melhor a portuguesa, mais quis entendê-la. Naqueles meses, me senti lendo um livro longo e provocante.

O primeiro capítulo desse livro vi diante de mim na porta da escola, em uma tarde ensolarada e arejada pelos sopros do outono. No tumulto de mães e pais e logo também de crianças ao nosso redor, ela disse que precisava me fazer uma confissão. A ideia me pareceu tão inapropriada ao momento que custei a entender que falava sério. Ela então começou um discurso que parecia tirado de um sermão, sobre fraquezas e pecados, e de como tentava vencer um lado seu ainda inabitado pelo deus que agora a conduzia, justificando-se sobre algo que eu não tinha ideia do que se tratava. Faltava-me pouco para perder a paciência quando disse: "Não guardo bons sentimentos por teu país e pelos teus patriotas". Minha expressão foi tão vaga que ela encurtou o caminho: "Eu odeio o Brasil".

"Eu nunca teria me aproximado se soubesse que eras brasileira, mas vejo que és tão boa gente, meu preconceito não tem cabimento, chego a me envergonhar de mim mesma, mas tenho cá meus motivos para odiar o Brasil, um dia te contarei com calma, conheço bem tua terra, morei em São Paulo, minha filha mais velha é brasileira e lá reside com o pai dela, mas eu nunca a visito, ela vem me ver duas vezes por ano, nos falamos toda semana, ela sabe, ele também sabe que eu jamais pisarei meus pés de novo naquela terra de loucos e cínicos."

Naquela tarde, só tive tempo de responder com gentileza à sua confissão — nunca fui patriota ao ponto de me sentir ofendida pelo Brasil, embora por esses lados do Atlântico estivesse mais acostumada a elogios de turista deslumbrado. O ódio da portuguesa me pareceu no mínimo curioso.

Nesse mesmo dia, ela me contou que suas três filhas tinham diferentes pais. "Ah minha querida, mudei de vida tantas vezes, escreverias um livro se te contasse", disse ao despedir-se. Ela não sabe, mas foi exatamente o que fiz.

III

TUDO BRANCO ao redor. Disseram que este seria um inverno sem neve, mas ela chegou na terceira semana de janeiro. Não forte, nem constante, mas suficiente para embranquecer a paisagem e afundar metade do pé no gelo fofo. Um dia assim, curiosamente, fez a portuguesa pensar no Brasil. Que contrassenso lembrar de um lugar tão distante. Mas é que o branco da neve arde nos olhos como o amarelo do sol a pino. O cansaço no olhar depois de uma manhã de praia é como depois de uma caminhada na neve. Foi esse peso na vista que a fez revistar o passado.

Mas pensar sobre o Brasil em um dia branco é também rever uma vida que a portuguesa quer esquecer. Porque honestamente, ela odeia o Brasil. Odeia tudo que diz respeito ao país. Fotos do Cristo Redentor.

Sambinha de raiz. Coxinha de galinha. Odeia ouvir o português falado com deselegância pelos brasileiros com quem cruzou no trem ou no supermercado. No íntimo, sempre achou que eram todos culpados pela derrota da nação. Ninguém aceitaria aquilo tudo à toa. A portuguesa olhou para a neve, e quis chorar.

Mas não chorou. Porque se um lado seu era todo emoção, e aceitaria de novo o amor do começo, o doce amor do comecinho, seu outro lado era ira e desespero. E quis esquecer. Quis apagar o que ainda podia fazer sentido. Ela odeia o Brasil, os brasileiros, a brasilidade, e odeia principalmente os pesadelos que ressurgiam a cada tanto de tempo, ferindo sua intimidade, fazendo-a lembrar do que já estava dado como morto.

Ela tinha só vinte e um anos quando, grávida e sem planos, aceitou a proposta de Estevão de mudar-se para São Paulo. Ele foi seu primeiro amor. Quando se apresentaram em Portugal, nem parecia estrangeiro. Era como se o conhecesse a vida toda. Foram apenas seis meses até a surpresa da gravidez. Ela tinha só vinte e um anos, mas a idade não os assustou. Pareceu a hora certa. Nada é fora do lugar quando se está apaixonada.

Ao desembarcar em São Paulo, o céu da cidade era branco como o desse dia de neve. Já na saída do aeroporto, ela viu tudo iluminar-se ao redor. Crente, pensou viver um milagre. Se perguntassem naquele instante o que sentia pelo Brasil, teria dito que amava. O clarão do céu sem chuva nem sol foi um abrigo. Ela tinha o marido, a filha por chegar, e agora a família que precisava.

O jovem casal teve espaço para morar na casa grande e confortável dos sogros, com almoço e jantar feitos pela cozinheira. Todos eram atenciosos e se esforçavam para fazê-la sentir-se à vontade. A portuguesa nem sabia o que era ter roupa passada naquela época. Foi fácil ser feliz.

O seu amor por Estevão era de calmaria e silêncio. Não se falavam muito, e ela tinha a impressão de que às vezes seu marido enjoava do seu sotaque. Mas ele nunca reclamou. Quando a conversa se alargou, ele sorriu e se distanciou, mesmo que o assunto não tivesse chegado ao fim. Uma ou duas vezes, quando bateu aquela tristeza da solidão, a portuguesa insistiu em conversar, mas percebeu o esforço do marido em parecer interessado e aceitou o silêncio como resposta. De modo algum isso a feriu. Entendeu que era assim entre eles. Não era desprezo, era só zelo.

Enquanto viveu com Estevão, o tempo não era importante. Naquela época, ela não pensou em futuro, e nem sentiu falta do que passou. Viveu os dias sem o peso do calendário. Não esperou por nada, não fugiu de nada. Passou leve pelas horas e pensou que assim era o amor: sereno como o céu sem nuvens.

O dia que tudo mudou começou manso e úmido. Naquele domingo chuvoso, ela vestiu a roupa confortável que mais perto chegava de um pijama. Não colocou as lentes de contato de propósito, pois achou que podia se esconder por trás das armações grossas dos óculos. Usou um lenço na cabeça escondendo os fios não escovados, estava vestida de desleixo.

A portuguesa não prestava atenção em nada quando foi surpreendida pelo grito de sua sogra, em seguida o olhar de terror do marido, antes de ela mesma se dar conta que aquilo era um assalto. Três homens armados, dois com bonés, um deles com óculos escuros, outro com uma jaqueta ao menos dois números maior que o dele. Ela olhou rápido e pensou: "Aconteceu. Sou eu desenhada na página do jornal." Agora lembra daquela manhã em *flashes*. E todos os *flashes* parecem mais longos. Duram uma dor. Aquela angústia de não ter saída. "Pronto, aconteceu comigo."

Estêvão parava o carro em frente de casa quando os homens surgiram. A ordem foi sair deixando bolsas, telefones e relógios — até a aliança a portuguesa deixou para trás. A família obedeceu. Só quando já estava na calçada, ela se deu conta da filha, ainda atada ao cinto segurança no banco traseiro. Agora sabe que aquele pensamento desesperador tomou a paz dos outros três adultos da família ao mesmo tempo, todos aprisionados à desgraça que acontecia diante dos olhos. Mas ela não se conteve como os outros. Seu impulso foi de entrar no carro, mas foi barrada pelo homem da jaqueta grande, que passou a olhá-la com um ódio tão intenso que sequer imaginava possível existir.

A portuguesa gritou. Gritou uma vez, e mais outra, e só depois do terceiro grito percebeu que o homem de jaqueta grande apontava a arma para sua cabeça e dizia "cala a boca, filha da puta". Ele também apertava seu braço. Na hora, ela não achou que gritava. Achou que explicava com palavras claras e o dissuadia de levar a filha, mas ela só gritava sem ser compreendida. Gritou cada vez mais alto até receber um golpe na cabeça, e ter seu olhar tapado pelo sangue. Não caiu no chão, mas por um segundo desligou do momento, até reabrir os olhos e ver a imagem que a perseguiu por muitos e muitos anos: o bandido de óculos escuros pegou a menina em seus braços e pacientemente, talvez sorrindo para ela, com a arma em uma das mãos que a erguiam, a entregou para seu marido atônito. A menina que chorava no banco do carro olhou assustada para o homem. Calada. O bandido com sua filha nos braços. A morte com a promessa de ressurreição. Seu sangue sendo derramado. Nunca mais foi capaz de apagar de sua memória, e vez ou outra, a imagem voltou, e de novo a paralisou.

A filha nos braços de um bandido. Sendo dele por aqueles segundos. Morrendo uma morte muito sofrida por aqueles segundos. Esmagada pela intolerância diante dos olhos de quem devia protegê-la. A portuguesa se sentiu a mais insignificante criatura que já habitou este planeta. Sentiu-se derrotada. E nunca mais olhou para sua cria da mesma forma. Ser mãe passou a ter um peso muito maior — era a responsabilidade de guiar alguém por uma longa e turbulenta jornada. Depois daquele dia, ela se sentiu para sempre exausta.

Tudo aconteceu na porta da casa em que vivia com os sogros, em um bairro elegante e verde, onde São Paulo às vezes nem parecia tão selvagem. Quando os bandidos partiram levando o carro, os adultos não se olharam. Entraram apressados, trancaram a porta, não abriram as cortinas. A sogra apressou-se em limpar o sangue do rosto da portuguesa, enquanto se desculpava repetidamente, culpando-se por não ter sido atenta o suficiente para perceber os homens se aproximando. Àquela altura, a filha chorava nos braços do pai. O sogro sentou-se à cabeceira da mesa, apoiou os cotovelos, e encobriu o rosto com as palmas das mãos. Pareceu envergonhado. Foi naquele momento que a portuguesa sentiu raiva do Brasil pela primeira vez.

Na manhã seguinte, e também em todas as outras manhãs dos dias que se seguiram, ela acordou e chorou. Bastou despertar para ver de novo o olhar do homem de jaqueta, de um ódio desregulado, acima de qualquer compreensão. "Por que me odeiam?" se perguntou chorando.

A normalidade com que a família agiu depois de tudo foi outro baque. O assalto deixou de ser assunto dias depois. A polícia não precisou sequer ir ao local do crime. O marido fez a queixa no computador, o carro foi encontrado dois dias depois batido e sem motor. Ninguém fez menção de prender, ou mesmo identificar os bandidos. A portuguesa não entendeu.

Os dias passaram, e a portuguesa odiou cada vez mais o Brasil. Não se queixou, mas seu silêncio também disse muito. Não conseguiu ver graça nos passeios à feira para comer pastel, ou assistir ao sol se pôr na praça, diante do único horizonte possível. Deixou de sair à noite e também à tardinha por medo de ser assaltada de novo. Não aceitou sequer convites para jantar com o marido. Evitou sair de casa de modo geral e, quando saiu, teve medo de ser sequestrada. Assustou-se com os tipos brasileiros que não passavam de pessoas comuns. Já não conseguiu destingir entre operário e bandido.

Dias antes de decidir deixar o país para sempre, ela ganhou o hábito de sentar na janela grande da sala de estar, de frente para o jardim, esticando o corpo contra a grade antiga e fria, posicionando o rosto na melhor fresta do sol, para sentir os raios bem no meio das pálpebras fechadas, esquentando a retina com os olhos encerrados. Ela sabia que vê-la ali incomodava a todos na casa. O marido principalmente, mas também a sogra e as empregadas ficaram assustadas quando a viram parada como uma lagartixa ao sol. Mas ninguém comentou, e no fundo ela gostou de parecer meio louca, prestes a perder o juízo. Passava alguns minutos ali, limpando a mente, sentindo-se protegida pela grade e pelo sol. E quando enfim reabria os olhos e voltava-se ao mundo normal da sala de estar, sentia esse mesmo cansaço na vista de quem se perdeu em um campo nevado.

IV

A ÚLTIMA imagem que a portuguesa guardou do Brasil é a de uma noite estranha, a mais estranha de todas, sobre a qual me contou pausadamente como se as palavras ainda doessem para sair.

    Naquela noite, quando sentou na poltrona do quarto da filha, após colocá-la docilmente no berço, sentiu-se em cacos. A bebê ainda não estava adormecida, por isso se manteve a uma distância a enxergar a menina, em estado de vigília. Dali via penumbras, sombras dos brinquedos, o berço, a bebê e seus curtos movimentos. A luz do quarto estava apagada, mas algum claro vinha do banheiro, por entre as frestas da porta.

    A bebê adormeceu, mas ela continuou ali. O silêncio não combinava com um quarto infantil, pensou. Conseguiu sentir o estado desesperador das coisas. Tudo pareceu contido à força ao seu redor. E antes que entendesse de que o vazio era feito, ela percebeu algo mover-se na sombra escura, debaixo do berço. A portuguesa segurou a respiração, tentou não se mexer e aprofundou o olhar na escuridão. Mais um movimento e ela pôde enxergar uma barata grande e avermelhada, ameaçadora. Ela sabia o que fazer. Levantar em busca de um chinelo, o seu próprio deixado na porta do quarto, ou qualquer outra coisa pesada o suficiente para esmagar e ouvir os estalos, para não restar dúvida sobre o fim daquele ser abominável. Fez isso milhares de vezes em sua vida. Faria outras milhares se continuasse morando em São Paulo, onde há mais baratas que gente feliz. Não havia nada de errado ou especial em matar mais essa que ameaçava sua filha. De novo, a pureza do bem contra o repugnante do mal.

A barata castanha continuou parada. A portuguesa teve tempo suficiente para, movendo-se depressa, acabar com aquilo. Mas quando enfim seus músculos obedeceram a seu pensamento, a barata voltou à escuridão de debaixo do berço.

A bebê dormia. Mas havia uma barata embaixo da cama. Talvez subisse, talvez andasse pelo corpinho adormecido da menina, talvez largasse seus ovos nos dedinhos desprotegidos. A portuguesa pensou isso tudo, mas continuou paralisada na poltrona.

Depois levantou-se e seguiu sua vida: saiu do quarto, tomou banho, adormeceu lendo um livro, acordou de madrugada para ir ao banheiro, dormiu de novo com facilidade, e só pela manhã, já a caminho do quarto da filha, seguindo o chamado delicado do gracejo da bebê, ela lembrou-se da barata. Não só lembrou, mas a viu de novo em frente aos seus olhos, agora muito maior e mais vermelha, cobrindo todo o seu rosto. Por um instante, achou que nunca tinha apagado a imagem da barata, que agora pesava em sua cabeça, como aquelas coisas que a gente quer esquecer, mas faz o contrário.

Ao ver a filha sorridente elevando os braços em sua direção, tão ingênua na sua infância, a portuguesa chorou. Abraçou a pequena com força ainda enxergando a barata entre elas e, em soluços, lhe fez um juramento de fidelidade. Prometeu protegê-la de tudo e a qualquer custo, daquele instante até o fim. Sentindo-se culpada, abraçou e beijou sua cria como se aquele fosse um reencontro.

Quando mais calma, e já sem enxergar a barata, deu-lhe um banho cuidadoso. Também pediu que a empregada trocasse lençóis e fronha. Aproveitou, enquanto a filha brincava no jardim, e lançou jatos de veneno em todos os cantos do berço. À noitinha, chamou o marido para uma conversa e anunciou que iria embora do Brasil e nunca mais voltaria.

Estevão não pareceu surpreso com a decisão, e entendeu suas justificativas. Também concordou que a filha crescesse em um país mais seguro, desde que pudesse visitá-la e trazê-la para férias quando bem entendesse. A portuguesa não se opôs, apesar de ter estranhado a proposta assim tão ensaiada. Aparentemente, o possível retorno dela a Portugal já havia sido assunto na família. Em meio ao caos, até que os acontecimentos lhe pareceram seguir certa ordem.

a portuguesa
e Laerte

V

FAZIA CALOR na Inglaterra. Em dias quentes de primavera como aquele, vamos todos às ruas. Bebês exibem pés gordinhos descalços. Homens tiram a camisa enquanto tomam cerveja na varanda do *pub*. Pernas brancas que parecem de cera vão ao encontro do sol quando, enfim, ele mostra sua força nesse país. É um prêmio aos que venceram mais um inverno. E todos nós vencemos. Estamos aqui a prová-lo.

Marcamos de nos encontrar no mesmo café uma hora antes do final da escola para um chá gelado. A portuguesa chegou quarenta minutos atrasada — avisou antes por mensagem de celular que o expediente se alongara. Quando chegou vi logo que estava em frangalhos. Feito o pedido, mal sentamos à mesa e era hora de ir. Seguimos quase caladas, falando nada mais que amenidades sobre tempo, calor, sol. Apenas a uma quadra da escola, ela enfim contou o que lhe sufocava.

Naquela manhã teve um encontro inesperado no trem. Reviu uma ex-amiga, também portuguesa e de sua mesma idade, chamada Helena. Não se falaram, e ela nem chegou a ser vista. Helena tinha fones nos ouvidos e aparentemente conversava com alguém ao telefone. Estava preocupada em falar aproximando o microfone do celular à boca, contando uma longa história sem fim. Entrou no vagão, ficou em pé próxima à porta, saiu na estação seguinte sem ao menos passar uma vista nas pessoas ao redor.

A portuguesa estava sentada no final do vagão. O coração gelou quando a ex-amiga apareceu. Ela ficou imóvel, como costuma em momentos de tensão, mas ergueu lentamente a revista tapando-lhe parcialmente o rosto. A ideia de que Helena podia virar-se a qualquer momento e então vê-la a aterrorizou por intermináveis minutos. Não respirou entre uma estação e outra. Quieta como um lagarto atemorizado, não calculou nada, apenas preocupou-se em sobreviver sem ar nos pulmões. Sua pele mudou de cor.

Eu quis saber o significado de ex-amiga. As crianças já estavam correndo em volta, pediam sorvete enquanto arrancavam meias e sapatos. Concordamos em pagar-lhes uma bola na casquinha — era a chance de conversarmos um pouco mais.

Helena e a portuguesa se conheceram ainda adolescentes, nas ruas do bairro pacato em que cresceram. Encontravam-se sem marcar porque frequentavam os mesmos lugares: a pracinha, a quadra de vôlei, a padaria e, com o passar dos anos, o bar de mesas na calçada onde bebiam, namoravam e vez ou outra se metiam em confusão. Era tudo intenso demais naqueles anos. A portuguesa sentia as coisas com muita profundidade, choros de amor e em seguida gargalhadas de ódio, e Helena sempre esteve por perto.

Com dezenove anos, Helena foi embora do vilarejo. Primeiro mudou-se para Lisboa. Enquanto esteve lá, visitou a família nas datas cristãs e nos aniversários. Foi quando contou às amigas as aventuras na capital, sobre seu medo de ser atropelada nas avenidas, sobre os rapazes muito mais audaciosos que no interior. Mostrou roupas, explicou de cremes e perfumes, encheu aquelas garotas de esperança.

Helena seguiu mudando de país, a portuguesa também partiu, mas por alguma estranha razão elas continuaram em contato, trocando correspondências, vez ou outra uma ligação. Todas as vezes que se falavam, a portuguesa sentia uma espécie de compromisso em contar-lhe tudo sobre sua vida, como se Helena fosse seu último elo com o passado. Nada de relevante acontecia sem que em dias, às vezes em horas não fosse reportado a Helena em longas cartas, e-mails e telefonemas. De forma que quando decidiu emigrar para a Inglaterra com as filhas, foi um alívio para a portuguesa pensar que teria a amiga Helena por perto.

Enfim morando no mesmo país, em regiões muito próximas, os encontros não se tornaram frequentes, mas as conversas sim. No começo, falavam diariamente por telefone. Helena perguntava sobre tudo:

onde morava, com quem almoçava, como se divertia, onde trabalhava.

A portuguesa não entendia porque continuou se abrindo tanto, se todas aquelas perguntas e todo aquele interesse em sua vida lhe causaram náusea. As últimas vezes que falaram foram um sacrifício. Pela sua lógica, Helena era alguém em quem confiar. Era alguém de fora da família com quem podia falar em sua língua. Era alguém que a conhecia antes de ter se tornado mãe, antes dos três casamentos fracassados, antes de virar estrangeira. A portuguesa abriu seu coração cansado e ferido, esperando algum sopro que aliviasse suas dores. Mas decerto esse alívio nunca veio.

Ainda assim, teria continuado amiga de Helena por muitos anos, talvez até o fim, se não fosse o ocorrido no seu primeiro aniversário na Inglaterra. Recém-chegada ao país, confusa e amedrontada, a portuguesa teve nesse dia uma assustadora crise nervosa, provavelmente a que deflagrou toda a doença que a apavorou. Completava trinta e nove anos e viu-se sozinha, derrotada emocionalmente, sentindo falta do seu último marido. Culpou-se ao pensar que ele era frágil e senil, e ela jovem e egoísta. Sentiu-se culpada por deixar de amar. Três vezes culpada por negar o amor. O pecado de não ser feliz com o que se tem. Que mente doente, coitada. A portuguesa precisou de ajuda naquele dia, mais do que nunca.

Ela me contou até este ponto e depois se perdeu naquele pensamento vago sobre culpar-se por ser ela mesma. Presumo que tenha tentado falar com a amiga, que tenha buscado seu apoio naquele dia, algum suporte para atravessar aquele lamaçal de sentimentos. Suponho que tenha telefonado para Helena, que tenha tentado um encontro, que tenha inclusive ido até sua casa sabe-se lá onde, mas por razão que desconheço Helena não estava disponível, nem se esforçou para estar, talvez sequer tenha notado que aquele era um caso de vida ou morte.

As crianças acabaram o sorvete e sorriram correndo em círculos com a alegria típica das tardes quentes de primavera. A portuguesa em silêncio recobrava a cor dos lábios, retomava o agora, vencendo a angústia que a memória soprava. Ela me agradeceu por ouvi-la naquele dia. Disse que se sentia muito melhor depois de arrancar aquele sapo de sua garganta, entalado ali desde que avistou Helena no vagão. Antes de nos despedirmos, ainda contou da última vez que ouviu a voz de Helena.

Não foi encontro marcado, mas esperado já que ambas se sabiam convidadas para o casamento de um conhecido. Helena se aproximou primeiro. Usava um pesado casaco de pele, brincos grandes, bolsa e sapatos lustrados, maquiagem elegante, mas que a envelhecia dez anos. O salão estava cheio. A festa ainda estava no começo e as pessoas perdidas se batiam em brindes, abraços e beijos. A portuguesa sentiu a mão gelada de Helena apertar-lhe o braço com firmeza. Todo mundo falava ao mesmo tempo, então ela aproximou o rosto para que nenhuma de suas palavras se perdesse entre os ruídos da festa: "Eu torço muito por você, viu. De verdade" — a última palavra teve a ênfase de um aperto ainda mais intenso no braço e uma piscadela de olho. Não recebeu resposta.

Desconfio que naquela tarde de quase calor, a portuguesa sentiu a nostalgia dos que procuram a verdadeira amizade. Há quem passe a vida tentando encontrar uma alma gêmea, a caçar mentes e espíritos por todos os lados, investindo tempo e esforço físico em relações que terminam em angústia e/ou esquecimento. Não falo somente da relação romântica entre duas pessoas. A vontade de ter um amigo verdadeiro pode ser imperativa. Ter alguém em quem confiar é bastante seguro nos tempos de hoje. O destino transformou a portuguesa, isso está claro, mas penso que na juventude ela foi uma dessas a disfarçar afinidades a fim de cultivar alguma intimidade. Tantas vezes tentou, tantas vezes fracassou. É inútil procurar o que está sujeito ao indomável deus do tempo.

Antes de partir, já com fisionomia bem mais saudável, sugeri-lhe procurar Helena para um adeus. Não apenas sugeri — a convenci usando um discurso sentimentalista ridículo, citando a importância de fechar ciclos e o peso de carregar laços mal feitos, e fiz isso pelo simples prazer de acompanhar o desfecho daquela história. Ainda que insegura, a portuguesa se convenceu a reencontrá-la quando recebeu o convite para uma festa de aniversário onde, sabia, Helena estaria presente. Era o sinal.

Imagino a festa em um apartamento pequeno e pouco mobiliado, com mais convidados que comida, e mais bebida que qualquer outra coisa. A portuguesa se sentiu deslocada sem os filhos, sem os óculos, e com sapatos de salto alto e bico fino, mas gostou de se olhar no espelho do elevador e se ver mais forte e bonita. Era justo, já que pretendia que aquele fosse o último encontro, que Helena guardasse a imagem dessa mulher na memória, não daquela portuguesa frágil e quebrável de tempos atrás.

Avistou Helena perto da janela e decidiu se aproximar rapidamente, como se estivesse prestes a fazer um trabalho sujo e preferisse começar logo, para terminar antes. Então encheu sua taça com vinho branco e caminhou até se postar diante de Helena, bem na sua frente, sem dar-lhe chance de não a enxergar. A cara de susto de Helena logo deu lugar a uma risada nervosa, um abraço sem força, e frases, muitas frases, "como estão as crianças?", "não acredito que você vai mesmo voltar!", "eu não troco a Inglaterra por nada", "Portugal é bom para as férias", "como o verão de lá não tem igual", "o tempo daqui é um horror, mas você sabe, nos acostumamos a tudo", "para ser sincera, eu não gosto de calor".

A portuguesa tentou responder as primeiras perguntas, e continuou tentando acompanhar todo aquele falatório, ao menos manter feição de quem entende o que está sendo dito, mas estava claro que ela tinha perdido o controle da situação. "Eu sumi, eu sei, me desculpe", "às vezes penso que essa vida corrida não faz mais sentido", "nem meu irmão eu consigo encontrar", "ainda mais agora que eu ganhei uma sobrinha", "queria tanto que o dia tivesse trinta horas", "ou quarenta!".

Nesse ponto, a portuguesa percebeu uma pobre abelha no vidro da janela atrás de Helena, presa ao desejo de liberdade, zunindo com persistência seu lamento. Helena continuou falando, mas o zumbido da abelha ficava mais e mais forte. "Meu marido é inglês, meus filhos são ingleses", "entrei profundamente na vida desse país", "não me sinto mais portuguesa", "sou mais inglesa que portuguesa, vamos colocar assim".

Com a zunideira crescente e a abelha mortalmente presa ao vidro, a portuguesa já não conseguia prestar atenção ao que Helena dizia. Sequer reconhecia sua fala. Na verdade, Helena já não falava nada compreensível, mas zunzunava como uma abelha sem encontrar a saída, impaciente e urgente. Movia lábios e mãos, e tinia com desespero. A portuguesa deixou a festa sem falar o que planejava, nem ouvir o que gostaria. Sentiu-se perseguida pelo zumbido estridente daquele himenóptero prestes a morrer. Mas também se sentiu tomada por um inexplicável sentimento de alívio.

VI

O AMOR quando começa é incerto. Há sempre um momento de dúvida sobre o que o outro sente. Se estiver cego de paixão então, a chance de interpretar errado os sinais e cair em armadilhas é muito grande, mas somos todos movidos a esse friozinho na barriga, esse disse-me-disse próprio do jogo de apresentar-se e esconder-se que antecede a calmaria das relações duradouras.

Bem diferente é quando o amor acaba. Nessa hora não tem camuflagem. Um olhar de desamor dói no meio da gente.

A portuguesa ainda se culpava por ter deixado o primeiro casamento ruir ao desistir do Brasil quando se viu forçada a abandonar Laerte, o segundo homem da sua vida, com quem um dia planejou estar para sempre. Mas como entender o desamor, não é mesmo? Há quem diga que o fim é tão imprevisível quanto o começo. Não me espanta que para ela tenha chegado como um *flash* em uma tarde quente de verão.

Estavam em casa, a portuguesa e Laerte, vestiam pouca roupa, abanavam-se e bebiam limonada com muitas pedras de gelo, as crianças (a essa altura, ela já tinha sua segunda filha com o novo marido) brincavam ruidosamente na sala, a televisão estava ligada, os brinquedos tinham botões, alavancas, chaves, teclados, e tudo emitia algum som estridente e irritante. As meninas tinham cada uma seis mãos e tocavam tudo ao mesmo tempo. Faziam um barulho feliz, enfim, porém cansativo. Então, Laerte decidiu usar o momento para delimitar no pequeno apartamento onde moraram em Lisboa o espaço destinado dali por diante aos quadros que a portuguesa começou a produzir artisticamente, mas também como terapia. Seis meses antes, ela havia iniciado aulas de pintura. Entusiasmada com o que pensou ser um novo dom, toda semana trazia uma tela, e as telas se amontoavam entre a parede e o guarda-roupa no quarto do casal.

Tiveram a conversa na noite anterior, mas honestamente a portuguesa não entendeu a princípio que fosse séria a proibição de pendurar seus quadros onde bem entendesse. O apartamento era dele, é verdade, e talvez algumas de suas pinturas ainda não merecessem uma das paredes iluminadas da sala de estar, mas alguma coisa que prestasse bem que tinha. E afinal de contas, o que ele queria dizer com "essa casa é tão sua quanto minha", ou "só estou tentando organizar antes que nos afundemos em seus rabiscos", ou ainda "eu gosto muito da tua pintura, continue, não desistas, tens um longo caminho a evoluir"? Ela ouviu tudo pensando que Laerte nunca lhe pareceu tão feio, com olhos cor de ferrugem e pelos saindo das narinas.

Meses antes daquele fatídico sábado de verão, Laerte fez a pior das colocações sobre arte quando disse, perdido em sua ignorância, que a inspiração é, ou deveria ser, oitenta por cento de uma obra, e incluía aí os quadros da portuguesa. Naquele dia, ela ficou sem palavras e sem ação. Como discutir com um homem que não conseguia enxergar a matemática por trás de cada pincelada? Laerte seguiu com o discurso de que arte é manifestação do espírito e não de engenharia, mas ela já não o escutava. Estava imersa naquele sentimento que precede o adeus, uma sensação doce de que vai ser bom ter saudade. Vai ser bom quando tudo acabar.

Mas não foi difícil superar o fato de que Laerte odiava sua criação artística. Honestamente, a portuguesa pintava quadros para o gosto de Seu Ninguém. Era para ela mesma que pintava. Quando entrou no curso de pintura, achava que podia enlouquecer a qualquer momento. Estava perto do abismo, precisou ser salva, e foi. Enquanto pensou nas cores lambendo a tela branca, reprogramou a máquina mental, um passo atrás, uma respiração profunda. Os quadros eram a prova de um processo longo e sem fim, de cura e remanejo. Eram a prova de vida que ela tinha.

Ainda assim, Laerte tinha todo direito de não gostar deles, ela entendeu desde o começo. Sua maturidade lhe fez ver que de desacordos também se alimenta um relacionamento. Aceitou as expressões de desagrado que se acostumou a ver no rosto do marido sempre que trazia um novo quadro para casa. Ele nunca disse literalmente "essas pinturas são horríveis" ou "não pendure isso jamais", mas por uma questão de respeito ao espaço privado de cada um ali dentro, a portuguesa deixou a maior parte das telas recostadas entre a parede do quarto e o guarda-roupa. Demorou a ter coragem de pendurar um girassol ao lado da janela da cozinha e uma repetição de telhados que se aproximava a um abstrato na sala de jantar, onde antes havia um calendário de papelão com fotos de cachorros e gatos.

Mas naquele sábado esbaforido, Laerte decidiu delimitar sua tolerância. Com voz doce e delicadezas tantas que pareceram forçadas, ele enumerou as vantagens de "juntar tudo em um só lugar" enquanto mostrou a parede no quarto do casal, ao lado do guarda-roupa, de frente para a casa de banhos.

Depois de ouvir tudo, a portuguesa sentou na cama exausta, bufando o desassossego, frente a frente com a parede branca, três metros de altura por quatro metros de largura, sem pregos, sem adornos, onde a partir daquele dia poderia pendurar entre duas a três telas de cada vez, quem sabe seguindo um sistema de rodízio, novas pinturas a cada dois meses, com exceção para o caso de algum de seus desenhos pertencer tanto àquele espaço que terminasse absorvido pelo cimento e pela tinta branca. Mas de onde estava sentada, mudando a direção do olhar para sua esquerda, a portuguesa avistou o guarda-roupa com duas das portas entreabertas. Dali enxergou suas calças, saias, vestidos e as camisas penduradas. Muitas peças azuis, muitas pretas. Algumas brancas, alguns vermelhos. Foi quando decidiu ir embora dali. O mais intrigante é que depois que ela se separou de Laerte, nunca mais teve vontade de pintar quadros.

VII

MAS FALAR desse Laerte do fim não é justo a todo o amor do começo. Toda alegria e admiração dos primeiros meses juntos. Laerte era bonito, sorridente, engraçado, doce como poucos homens podiam ser. A portuguesa falava dele com mágoa, como se o desamor fosse culpa sua. Pedi que me contasse como se conheceram.

Foi em uma tarde ensolarada, enquanto caminhava para o supermercado empurrando o carrinho com sua primeira filha, à época uma menininha de cinco anos. Nesse dia, a portuguesa entendeu que o surpreendente acontece em momentos ordinários. Vestia-se sem charme, não lembrava ter penteado o cabelo, mas entendia que as olheiras escuras no rosto claro tinham lá seu charme. No tumulto de uma calçada de Lisboa, ela olhou um rapaz de baixo a cima, sem planejamento, um escorregão da vista, e sentiu as costas arrepiarem ao cruzar o olhar com o dele, que respondeu sorrindo com um só lado da face, como os personagens do cinema. A portuguesa sentiu gelar a espinha e sua vida nunca mais foi a mesma.

O Brasil, naquela altura, era passado. A portuguesa já não tinha os malditos pesadelos, persistentes por anos. Estava em paz. Sua filha crescia com saúde e sem saudades. Vez ou outra, a menina recebia um telefonema do pai, que a visitava nas férias, mandava dinheiro, e demonstrava preocupação com o desempenho dela na escola. Era uma criança tranquila, tímida e muito calada.

Bem que poderia, mas a portuguesa não estava à procura de alguém. Entendia a solidão como um estado permanente, ou talvez não se sentisse mais solitária do que quando estava casada. Assim que o encontro com Laerte, ainda mais com aquele roteiro que parecia de filme, foi também o encontro com outra face dela mesma, que honestamente nem pensava ainda existir.

Após cruzar o olhar com o moço de barba e olhos castanhos, e ainda bamba dos arrepios, não um, mas vários sucessivos arrepios, ela decidiu segui-lo. Sabia do ridículo da situação: uma mãe com uma filha ainda tão pequena não devia se aproximar de um desconhecido com essas intenções. Pensou que talvez o sorriso que lhe pareceu galanteador tenha sido um sorriso de ternura pela imagem sagrada de mãe e filha. Sentiu-se envergonhada, mesmo assim mudou a direção do carrinho e seguiu o rapaz.

O disfarce durou pouco. Alguns passos adiante, ele postou-se em uma parada de ônibus, deixando a portuguesa com pouco espaço de manobra. Ela também parou, e antes de cruzar o olhar com ele de novo, virou-se para o sentido do tráfego e passou a esperar um ônibus qualquer. Ela não se virou, e mesmo sem olhar, sentiu os arrepios voltarem ainda mais intensos. Costas, nuca, alto da cabeça. Ela não tinha ideia do que era aquilo, mas achou muito bom.

Em poucos minutos, percebeu o movimento dele em direção ao coletivo parado. Mais uma vez, sentiu-se envergonhada de si mesma, mas não mudou o rumo que lhe pareceu mais natural. Postou-se ao final do aglomerado de pessoas a subir e agiu como se corriqueiro fosse. Quando chegou sua vez, Laerte aproximou-se e ofereceu ajuda para subir o carrinho no degrau do ônibus. Perto dele ao ponto de sentir seu perfume, a portuguesa flutuou alguns centímetros, seus pés largaram o chão, mas ela manteve as mãos bem firmes no carrinho do bebê, detendo-a de uma vergonha ainda maior.

A caminho de alguma periferia ao norte de Lisboa, a portuguesa e Laerte conversaram sem parar. Ela não recordou uma só palavra do que foi dito naquela tarde, mas tudo o que ele disse foi bonito, disso lembrou. Laerte se despediu anotando o telefone dela no panfleto de um curso de inglês que segurava enroladinho como um canudo. Não se tocaram. Ela desceu dois pontos após Laerte, sem ter a mínima ideia de onde estava, e como faria para voltar ao centro. Então aquilo era estar apaixonada, pensou.

Com o distanciamento do tempo, a portuguesa entendeu que não foi o olhar de Laerte que a deteve. À medida que os encontros e a intimidade cresceram entre eles, ela identificou a verdadeira razão dos arrepios, das pernas bambas, da coragem de segui-lo pelas ruas de Lisboa. Foi o cheiro dele que a hipnotizou. O perfume dele a fez mudar de direção no caminho de casa e na vida. Laerte cheirava, naqueles primeiros encontros, a madeira molhada, anis, mel queimado, um cheiro tão orgânico que podia ter vida. A portuguesa fechava os olhos ao abraçá-lo e sentia-se inebriada por aquele perfume. E quando dormia à noite, distante dele, vez ou outra o vento trazia aquele mesmo cheiro, e ela de novo fechava os olhos e entregava-se ao descontrole.

Quando conheceu Laerte, a portuguesa vivia na casa malconservada, porém confortável, pertencente a uma tia. Não pagava aluguel, nem alimentação, em troca de fazer-se presente sempre que a velha precisasse, já muito doente e solitária de tudo. Os pais haviam emigrado para a Inglaterra, onde o irmão mais velho tocava com aparente sucesso uma empresa de limpeza. A portuguesa não tinha um emprego porque a pensão do ex-marido era suficiente para seus poucos luxos. Cuidar de uma criança e da tia idosa tomava todo seu tempo. Quase nunca se sentia sozinha. Estava adormecida na rotina. Não fazia planos, não sofria pelo que tinha deixado de fazer.

Laerte a despertou. Depois dele, a portuguesa fez planos, usou maquiagem, andou de mãos dadas, se sentiu protegida, aceitou pertencer. Ficaram juntos por cinco anos, e durante todos os quatro primeiros, ela teve certeza que Laerte era o homem de sua vida. Como quem segue um roteiro ordinário, não demorou a sentir os compassos de um alarme biológico. Laerte foi um padrasto carinhoso, embora meticuloso no educar, com regras e compensações para tudo. Com menos de um ano que estavam juntos, a notícia da gravidez fez o círculo familiar equilibrado. A portuguesa gostava de ouvir a tese de Laerte sobre vida eterna por meio dos filhos. Para ele, essa é a forma de viver para sempre, transmutado em carregamentos genéticos por gerações, sendo todos um pouco da mesma essência, do mesmo finito. "Não é incrível quando nasce um bebê na família e alguém encontra uma foto antiga amarelada e lá está o mesmo bebê, só que aquele nascido setenta, noventa, cento e vinte anos antes?", "tive um amigo na escola com a mesma fisionomia, cor dos olhos e ondas no cabelo de seu bisavô, que ele sequer conheceu", "antes de qualquer missão, estamos na Terra para procriar e garantir a continuação da espécie". Enquanto o amava, a portuguesa ouviu essas mesmas frases algumas vezes, e sempre achou muito inteligente.

Mas no último ano juntos, as frases voltavam e soaram velhas, gastas, pobres. E não só elas. A mania de separar os brinquedos das crianças em caixas marcadas por um sistema de cores. Os discursos sobre tudo o que dizia entender, de astronomia à arte, de pedagogia infantil a controle de finanças. A insistência em tentar ensiná-la coisas pelas quais não se interessava. A maneira estranha que ele tinha de deixá-la sem ar, sufocada ainda que ao ar livre, tapando qualquer chance possível de sobrevivência ao seu lado.

VIII

O QUE mais gosto na história da portuguesa com Laerte é que o mesmo que os uniu, os afastou definitivamente. Se no começo o perfume de madeira molhada causou nela o choque emocional que precedeu à paixão, foi esse cheiro de homem que a asfixiou no final. Não digo que ela tenha se separado de Laerte porque deixou de gostar de como ele cheirava, mas digo sim que houve um azedume inesperado, que cresceu e roubou o essencial, até matar o amor dos primeiros dias.

A portuguesa sofreu muito com aquela separação, chorou muito mais do que quando deixou Estevão no Brasil, porque dessa vez levou também a ferida da culpa. Foi aí que começou a pensar que talvez não fosse natural a ela uma vida a dois, que talvez fizesse parte daquele percentual de seres humanos que prefere ser solitário — embora, com duas filhas, fosse tarde demais para desejar a solidão. Mas ao lado de Laerte, ela não conseguiu continuar. O que existiu entre eles desmoronou, deixando à mostra a finitude do amor.

A portuguesa não pode negar que recebeu sinais do que viria. Faltou a ela interpretá-los. Ou terá sido seu grande erro revelar a Laerte, em um momento de intimidade, sua fixação pelo perfume dele? Estúpido como provou ser mais adiante, ele entendeu como um recado e, no aniversário dela semanas mais tarde, comprou-lhe um frasco. A portuguesa não entendeu. Um frasco do seu perfume, revelando todo o enigma daquele cheiro, com marca impressa na caixa e na tampa, à venda em qualquer loja medíocre, trocado por um punhado de algum dinheiro, disponível para qualquer um, como agora era seu.

Nos dias que se seguiram, a portuguesa não soube o que fazer com aquele frasco. Uma manhã experimentou em sua pele e viveu uma agonia, sufocada e mareada cada vez que Laerte se aproximou. Aparentemente, o perfume não a abandonou por dias seguidos, e as tonturas ao lado dele eram mais intensas, até que ela decidiu ficar mais e mais distante.

O que passou a sentir por Laerte depois de tudo é quase o oposto do começo. Quando olha para ele, é quase nojo o que sente, ou talvez seja melhor dizer pena, com parte de enorme desprezo. Preferia nunca mais vê-lo. A portuguesa só reza para que a filha não puxe ao pai a chatice escancarada; e que se for chata, ao menos seja discreta, porque não conseguiria conviver com qualquer traço que a fizesse lembrar da personalidade de Laerte.

Já de Estevão, a portuguesa guarda algo melhor. Não desgosta, embora ressalte com desdém que ele é brasileiro. Sobre o que sente por ele, nunca soube. Desconfio que até hoje receba dinheiro dele vez ou outra, ainda que a filha esteja lá, o livrando de qualquer obrigação com a ex-mulher.

IX

TUDO QUE a portuguesa me contou tinha o peso da desesperança. A mim pareceu desde o início que ela era uma mulher cansada de tentar, e que talvez tenha mesmo deixado de querer, admitido que a vida é um eterno dar voltas. Do meu ponto de vista, porém, perder as esperanças é salvador. Só quando não se espera nada é que o coração encontra paz.

Mas o coração da portuguesa estava muito longe da paz. Sofria sem entender o porquê. Desejou tanto estar distante de Portugal e do Brasil. Quis tanto uma chance de recomeço onde não soubessem seu nome. E ali estava, onde a vida nem é tão ruim assim, inquieta com uma doença sem nome, que todas as vezes que a atacou, a fez ter vontade de morrer. Além dos enjoos e dores no estômago, sentiu-se tomada por uma absoluta incapacidade de pensar sob têmporas latejantes. Doeu lhe tudo. Que desgraçada é a vida de quem não consegue comunicar a si mesmo que está tudo sob controle. Que, por pior que sejam as voltas, o corpo se sustentará.

Um dia me ofereci para acompanhá-la ao médico, poupando assim que sua filha de seis anos fizesse o papel de intérprete. O que ouvi foi muito vago. Os exames de sangue não mostravam anormalidades. Nada de estranho foi detectado no raio-X. A pressão arterial continuava dentro do padrão para a idade. Muito educadamente, o doutor sugeriu que a portuguesa procurasse um psicólogo, e tentasse se alimentar melhor. O que tinha era sua cabeça que criava.

No final da consulta, já totalmente movida por minha curiosidade, perguntei se os anos vivendo sem entender a língua do país não seriam uma motivação para aquela doença da mente. Creio que o médico se ofendeu com minha intromissão. Disse que a uma pergunta como aquela, um profissional da área adequada responderia. Não ele. Mas claro que sim. Evidente que a solidão de não entender, somada à angústia de não conseguir se expressar corretamente destruíram uma parte daquela mulher.

Saímos da consulta tristes, caladas, pesadas. Parecia termos ouvido "a culpa é sua, resolva-se", quando o que a portuguesa precisava era só de uma pílula de sobrevivência. No trem, no nosso caminho de volta, ela disse que era um arrependimento a coisa entalada na garganta. "Deus me ofertou o amor três vezes, e eu disse não." Falou isso, e seguiu o resto do trajeto em silêncio, testa encostada no vidro da janela, olhar abandonado, tão triste que quase me fez chorar. Como explicar para ela que não, o desamor não é uma culpa, o amor não é uma obrigação e a solidão não mata?

a portuguesa
e Martinho

X

FALTAVAM SEIS meses para o embarque. As crises de fraqueza tinham dado trégua. A portuguesa estava mais sorridente, com a face corada, e mais falante também. Comemorava ter encontrado, não tão longe de casa, uma igreja com cultos em português, da pregação do pastor ao livreto de canções. Mais ainda, comemorava ter enfim sido acolhida por Deus. Foi uma surpresa para mim, já certa de conhecê-la bem, descobrir sua face tão devota, agora não mais à igreja católica, mas a uma batista. Certo dia, a portuguesa me aborreceu um bocado falando sobre a proteção que se sente quando se é aceita com misericórdia. A voz que ouviu. Um sopro e o ser humano de agora mesmo já não existia. Em seu lugar, uma mulher resignada e liberta dos pecados do passado, pronta para recomeçar.

Para mim soava como mais uma conveniência, afinal agora ela fazia parte de um grupo que se comunicava em português, se alimentava de comida portuguesa, se informava com as notícias de Portugal, ouvia os mesmos programas de rádio de lá, as mesmas músicas. Estava quase de volta ao seu país, só que ainda na Inglaterra.

Mas com o tempo ficou claro que encontrar aquela igreja fez bem à portuguesa. Depois de três anos e meio emaranhada em seu silêncio, ela já não sofreu como antes, embora ainda guardasse um medo do começo. Ao menos não se irritou quando, em meio a uma conversa em inglês, as palavras a atravessaram sem que pudesse compreendê-las. Aprendeu, nessas horas, a desligar o sentido das coisas. Olhou ao redor vendo e ouvindo o que queria. Quase sempre achou tudo patético, de forma a transformar sua irritação em piada. Riu para dentro, e às vezes também para fora, parecendo desajustada, e sobretudo riu de si mesma.

Ainda assim, um temor a acompanhava desde os primeiros dias na Inglaterra, a remoendo silenciosamente, trazendo a urgência que seu caso exigia. "Imagina se um mal-estar me alcança no metrô", "se sinto que vou morrer, mas ninguém entende o que digo". A portuguesa tinha medo de que sua fragilidade a levasse ao abismo. Coitada, ela tinha medo de estar sozinha.

Claro, não se deve tirar de mente que o estado daquela mulher ainda era delicado na época, com a saúde ameaçada pelos enjoos agora raros, mas que ainda a surpreendiam, forçando-a a permanecer incomunicável no quarto escuro por horas, às vezes dias. Mas havia uma esperança materializada em bilhetes de avião Londres-Lisboa. E as dores de cabeça que desencadeavam todos os outros sintomas aconteciam com menor frequência.

Ainda assim, achei curioso que mesmo três anos e meio de vida na Inglaterra não lhe tenham salvo daqueles temores comuns aos recém-chegados. A portuguesa tinha medo da sua condição de estrangeira. Acostumou-se a levar a filha mais nova a todos os lugares onde algum tipo de comunicação lhe seria exigida. Como a menina já falava e entendia perfeitamente a língua, era ela a pedir a carne no açougue e a traduzir os sintomas ao médico. Acreditou que ela também seria capaz de buscar ajuda em caso de emergência. Ingenuamente, a portuguesa se sentiu mais segura ao lado uma criança de seis anos.

Esse assunto, seu medo de estar sozinha entre desconhecidos que não falam sua língua, nos tomou alguns dias de conversa. Eu tentei ajudar mostrando-lhe um caminho para sossegar a alma, e ela tentou curar-se de algum jeito. Estava tão envolvida com a história da portuguesa àquela altura que quando me dei conta, ela estava me revelando uma passagem de sua infância que marcou para sempre sua existência. Não lembro o que perguntei, ou como dirigi seu pensamento, mas me recordo bem da sensação de estar abrindo a porta de uma casa desconhecida.

O que me contou naquela tarde se passou na área mais rural da cidade onde nasceu, chamada Pinhel, no distrito da Guarda, norte de Portugal. Era um domingo da primavera de 1986. Tímida, de poucos amigos, e de pouca conversa também, a portuguesa era certamente uma criança feliz em sua quietude. Não se queixava de nada, não cultivava dramas comuns à sua idade, e parecia satisfeita com a vida que tinha, simples porém rodeada de risos, festa e boa comida. Olhando do alto dos seus quarenta e um anos, não havia nada de errado com sua infância. Mas naquele domingo, ela sentiu diferente.

Estava, como costumava estar em quase todos os domingos de sol e tempo ameno, na casa dos tios, em um sítio na Serra da Marofa, conhecida por ter em seu topo a estátua do Cristo Rei de braços abertos como aquele do Rio de Janeiro. Gostava porque ali passava despercebida. Os adultos bebiam, conversavam e comiam, e a esqueciam. As outras crianças, irmãos e primos e vizinhos, ocupados demais a correr e pular entre as árvores do vale, também a esqueciam. Sozinha, gostava de ir às margens do lago, sentar-se nas raízes de alguma árvore centenária e se perder em devaneios; às vezes folheava uma revista, chegou a fazer tarefas escolares sob a sombra dos mais antigos habitantes daquele lugar.

Sabia que ali, muitos anos antes do tio comprar a velha casa, existiu uma fábrica de tijolos. O lago era resultado de anos de extração do barro. Não era uma lagoa, e não tinha margem. Um passo e você afundaria em uma imensa e profunda cova. Desde muito nova ouviu as recomendações dos adultos. "Não pode chegar muito perto", "não pode nadar", "não pode". Mas para as crianças, bastou ouvir que a água era muito gelada, capaz de transformar corpos em picolés, para que se mantivessem afastadas. Menos a portuguesa.

    Aquele era o primeiro domingo após seu aniversário de doze anos e ela estranhamente pensou aquela data como um arremate. No sossego do vale, pensou que chegar aos doze era mesmo o fim, no que não estava de todo equivocada, mas infelizmente naquela tarde de domingo, a portuguesa não conseguiu ver que era também um começo.

    Foi como um acerto de contas com a sua primeira infância.

    Voltou ao seu pensamento o Natal anterior, quando ganhou mais uma boneca dos pais, grande e vestida com avental — mas a portuguesa já não brincava com bonecas naquele dezembro. Sem coragem de fazê-los enxergar que havia crescido, ela achou melhor fingir que gostou, brincou sem gostar, e continuou brincando sem gostar e fingindo que gostava por semanas, até esquecer a boneca propositalmente no quintal à tardinha e reencontrá-la na manhã seguinte com a cabeça mastigada pelos cachorros da casa.

    A portuguesa nunca se arrependeu, mas diante da mãe derramando todo seu desapontamento, aquela menina ingênua de tudo se sentiu culpada por não gostar mais de bonecas. Pensou que talvez fosse cedo para deixar de ser criança e que, se ela fosse normal, gostaria de bonecas. Essa recordação em uma tarde de calor à sombra de castanholas e carvalhos centenários não fez bem àquela garota sem esperanças. Com o olhar fixo no verde das copas refletidas na água, ela sentiu-se mareada no reflexo da sua própria imagem, que já não era a de uma criança, tampouco a de uma adulta. O que passou pela sua cabeça naquela ocasião não foi bonito, nem digno de orgulho. Tomada por uma desesperança incomum aos que desabrocham, aquela criança de doze anos sentiu chegado seu fim. Ainda enjoada, sentada na terra e tateando galhos e caules, ela moveu-se com gravidade em direção à água escura do lago. "Eu só quero molhar meu corpo", disse sentindo primeiro as raízes das árvores ribeirinhas, depois uma lama gelada, para depois não sentir nada mais sob seus pés.

O que aconteceu depois é incerto. A portuguesa repetiu que foi um acidente, que perdeu os sentidos, escorregou, perdeu o equilíbrio, que talvez tenha ido longe demais na brincadeira de sofrer. Repetiu, mas já ninguém acreditou.

Salva por um dos primos mais velhos, que ouviu de longe o barulho do corpo movendo a água caldosa, foi retirada inconsciente. Socorrida com pressa pela família, quando retornou estava nos braços da mãe que chorava alto e sofrido. Repetiu que foi um acidente muitas vezes, e recebeu de volta olhares penosos e desconfiados. Para sempre. Qualquer passo, qualquer palavra, qualquer olhar. Para a sua família, depois daquele domingo ela passou a ser frágil, prestes a quebrar. Afinal, que tipo de criança pode desejar morrer?

A portuguesa se sentiu perseguida pelo estigma de suicida por muitos e muitos anos, até que deixou de se importar. O que nunca esqueceu e nem deixou de sentir foi o medo de ser mortal — um sentimento exclusivo dos que chegaram ao muito fino fio da navalha, a um triz do fim. O que teria passado pela sua cabeça quando entrou no lago já não importa. A portuguesa nunca quis morrer. Mas poderia ter morrido aos doze anos em um estúpido lago gelado no interior de Portugal.

XI

QUE PERSONAGEM essa portuguesa que me cruzou o caminho! Com o passar do tempo construí mentalmente com mais nitidez uma estranha figura feminina. Depois de alguns encontros, já me perguntava quem estava salvando quem em nossa relação.

    Antes de contar sobre o terceiro marido da portuguesa, peço que se atente ao perfil dessa mulher. Nesse ponto da história, ela tinha trinta e cinco anos, duas filhas e estava de novo solteira. Ainda não tinha a tal doença, ainda não sofria com seus próprios monstros, o que significa que sua aparência era forte e saudável. Era bela. O cansaço dos olhos, que era também o da alma, lhe dava ainda assim um ar gracioso. Parecia alguém que precisava de ajuda, embora com muito a oferecer. Porém, se com o fim do primeiro casamento, ela sentiu que a solidão lhe caía bem, após o segundo rompimento desistiu de vez. Levava os dias com os olhos focados nas pequenas coisas, e eram tantas todo santo dia que nem lembrava de erguer o olhar mais adiante. A vida assim, não se engane, é muito mais fácil. Quisera eu consegui-la.

Por estar tão desligada do seu entorno, só descobriu muito tarde que Martinho a observava com paixão. Trabalhavam juntos no serviço voluntário da Igreja de Santa Apolônia, em Lisboa. A portuguesa não era lá tão católica naquela época, mas gostou dos encontros aos domingos. Entrou para o grupo que organizava as roupas e brinquedos doados — separava os em bom estado, fazia pequenos consertos e lavava tudo antes de organizar por tamanho. As crianças ficavam ocupadas em outros grupos da mesma igreja. Ela não precisou ser mãe naquelas tardes. E gostou disso. Logo fez amigos, com quem conversou sobre o que assistiu na TV ou leu nos jornais na semana anterior.

Martinho estava ali o tempo todo, mas ela só o distinguiu dos outros quando foi presenteada com uma barra de chocolate branco com flocos de arroz, o seu preferido — como tinha mencionado um domingo atrás. Ele apontou o chocolate em sua direção, em um gesto tímido para que fosse notado, disse "comprei para você", e esperou calado que ela recebesse. Primeiro a portuguesa tomou um susto, depois olhou para ele e viu outro Martinho, pegou a barra grosseiramente, e esqueceu de agradecer. No tumulto de outras pessoas chegando e cumprimentando, Martinho e a portuguesa se calaram, se despediram com um olhar e se ocuparam do dia. Enquanto remendava camisas, ela tentou raciocinar. E todo raciocínio levou ao mesmo lugar: Martinho gostava dela.

Está claro que a surpresa da portuguesa não foi só uma ingenuidade amorosa. Destreinada estava, isso é certo, mas o que a assustou é que Martinho, até um minuto antes daquele chocolate, era para ela um senhor de maior idade a quem não teria imaginado estar ainda ativo para os assuntos do coração. Martinho tinha sessenta e cinco anos, mas enquanto costurou naquela tarde, e tentou apressar algum entendimento da situação, ela ainda não sabia a idade dele. Pensou apenas que era um senhor, que tinha cabelos brancos, talvez fosse viúvo, e talvez cuidasse dela dali em diante. Findo o expediente do voluntariado, na hora da despedida, ela enfim agradeceu o doce e estendeu a mão, ele a segurou, e seguiram pelo corredor estreito ao largo do oitão da igreja de mãos dadas, cena tão improvável algumas horas antes que fez a portuguesa rir. Martinho também sorriu.

Logo a diferença de idade deixou de ser problema. A portuguesa experimentou de novo o amor e curiosamente nutriu também paixão por Martinho. É curioso sim que a mais intensa relação sexual de sua vida tenha sido com um homem trinta anos mais velho, idade para ser seu pai, cabelos brancos, corpo flácido, rugas incontáveis. Mas por isso mesmo, perto dele a portuguesa se sentiu jovem e bonita de novo.

Como nos outros relacionamentos da portuguesa, daquele ponto em diante tudo aconteceu muito rápido ao lado de Martinho. Logo estavam morando juntos, e não muito depois ela estava grávida de novo, para a surpresa de todos. A terceira gravidez foi para a portuguesa a confirmação de que aquele era o casamento definitivo, e Martinho, o homem com quem estaria até o fim. A maturidade dele era o aconchego que a alma dela precisava. Quando nasceu mais uma menina, Martinho disse que se sentiu coroado como rei. Dos três pais que viu nascer, ele foi desde o começo o mais presente, a trocar fraldas sobretudo, mas também a acompanhar as tarefas de casa e as brincadeiras das enteadas. Não havia nada de errado em Martinho. Ele era atencioso, carinhoso, e ainda atraente. A portuguesa nunca foi tão feliz como naqueles dias.

Até que cm uma manhã fria e ensolarada de outubro de 2012, já bem perto do horário de buscar as crianças na escola, enquanto trocava a fralda da bebê de treze meses, ela ouviu o barulho de um corpo caindo no chão da sala. Acudiu com a bebê no colo e o peso do maior medo que já sentiu. Martinho estava caído de bruços, não se movia e, de onde estava, a portuguesa não conseguiu ver se seus olhos estavam abertos.

XII

MARTINHO NÃO morreu. Foi socorrido em tempo de sobreviver ao enfarto. Já no hospital, sofreu também um derrame, mas de novo teve a sorte de um atendimento rápido, as sequelas foram mínimas. Mas aquele foi um grande susto. Pior, foi um pesadelo que se alongou por longos meses. Primeiro, na incerteza angustiante dos primeiros dias no hospital — desse momento, a portuguesa nunca apagou a fisionomia de quase morto que ela enxergou pelo vidro da porta da sala de tratamento intensivo. Ela morou nos corredores do hospital naqueles dias, a amamentar em cadeiras de plástico, e a seguir a bebê em seus primeiros passos desviando de cadeiras de rodas e macas. Só após três dias, ela pôde se aproximar do marido, tocar-lhe a mão, acariciar seu cabelo. Martinho melhorou gradualmente, como se voltasse à vida depois da morte. Saiu do estado de emergência em sete dias, mas continuou internado por quase um mês.

A segunda parte desse pesadelo foi em um quarto de hospital. Martinho estava fraco, perdeu tanto peso que a portuguesa pôde carregá-lo nos braços entre a cama e a poltrona. Sua voz e toda sua carne pareciam trêmulas. Era um outro homem a quem ainda não conhecia. O estado prático das coisas exigiu dela muita atenção naqueles dias, a cuidar do marido, das filhas e ainda sorrir para as visitas que nunca cessavam visto que Martinho era muito querido. Mas no silêncio das noites no hospital, enquanto se escondia na área reservada a fumantes, a portuguesa não pôde evitar que seu pensamento trilhasse ao obscuro. Sozinha e sem esperança, ela sentiu o cheiro de morte impregnado nas paredes daquele lugar. Pensou em quantas almas penadas cabiam em um velho hospital. Quantas almas ainda sem entender o que lhes ocorreu a observavam do escuro.

Com o incômodo que aquele silêncio causava, a portuguesa sentiu um arrepio subindo a espinha dorsal, que findou em um sopro gelado na nuca, e os olhos marejados de súbito. Ela teve medo. Não era a morte de Martinho que a amedrontava, mas a ideia de vida dali por diante.

O quadro de saúde de Martinho evoluiu lentamente. A portuguesa não podia adivinhar o futuro. O que enxergou foi um homem que precisou de ajuda para ir ao banheiro, alimentar-se e vestir-se. Foi ela quem limpou o canto dos lábios de Martinho. Foi ela quem tirou e colocou seus óculos. Penteou seu cabelo. Moveu o travesseiro. Cobriu seus pés. Martinho respondeu com um olhar doce, um sorriso fraco, às vezes um frouxo aperto de mão.

O tempo passou vagarosamente e a portuguesa agiu como uma amestrada. Cumpriu o que se espera de uma mulher e de uma mãe em situações extremas. Dormiu pouco, comeu menos ainda. As boas notícias eram raras naqueles dias. Exausta e solitária, falou para si mesma como se fizesse uma promessa: "No dia em que Martinho deixar o hospital, eu também serei livre de novo". Não havia romantismo em sua decisão.

Mas quando Martinho enfim recebeu alta, a portuguesa não conseguiu entender o que ela mesma quis dizer com "livre". Porque na prática, deixar aquele hospital e voltar para casa foi um movimento libertador. Nos dias que se seguiram, ela foi feliz apenas em sentar no sofá da sala com uma xícara de chá, no silêncio das madrugadas. Ainda que manhãs e tardes se alongassem em intermináveis tarefas de cuidadora de um enfermo, as noites sempre chegavam. E eram um alívio. Teria aceitado aquela vida por muito mais tempo, porém aquele sopro gelado na nuca repetiu-se. Aconteceu enquanto trocava os lençóis da cama, enquanto alimentava Martinho, enquanto servia o almoço das crianças. Era real, moveu seus cabelos ainda que estivesse em uma sala com janelas fechadas. E toda vez que o vento soprou, despertou nela uma enorme infelicidade. Movida pelo arrepio de susto, ela parou o que fazia, olhou para o nada e pensou em alternativas de fugir dali.

Não julguei a portuguesa. Ela se transformou naqueles dias em uma mãe para Martinho. A recuperação foi lenta, por muito tempo ele não conseguiu acertar a colher na boca enquanto comia, não conseguiu controlar a saliva que escorreu no canto dos lábios, falou com a língua tão pesada que mal era compreendido. Martinho estava sempre cansado, dormiu muito naqueles meses. Não dava para imaginar que ele voltaria ao normal um dia.

E ela não o abandonou, como é de se imaginar. A portuguesa esteve ao lado dele por muito tempo, a cuidar e rezar para que se recuperasse, não por desejá-lo ao seu lado de novo, mas por ansiar sua própria vida de volta. Cada melhora de Martinho, ela comemorou silenciosamente como menos um dia até sua partida. Secretamente, criou um plano de fuga. Deixá-lo foi um ato friamente organizado.

Primeiro, admitiu que a filha mais velha, então com catorze anos, mudasse para o Brasil para o morar com o pai. Não viu sentido em mantê-la presa a uma vida de restrições quando podia crescer como uma adolescente rica em São Paulo, ainda que sua opinião sobre o Brasil continuasse a mesma. O importante é que Estevão mudou-se para um condomínio fechado e comprou um carro blindado. Ainda que a despedida tenha arrancado um pedaço dela que nunca mais cresceu de novo, a portuguesa aceitou seguir sem a filha como parte da natureza da vida.

Quando Martinho conseguiu se alimentar sozinho e não precisou mais de ajuda para ir ao banheiro, ela falou sobre seus planos de passar um tempo trabalhando na Inglaterra, onde o irmão e o pai faziam bom dinheiro já há alguns anos com uma empresa de limpeza. Primeiro tentou tirar o peso comum a uma separação. Portugal estava em crise. Muita gente falava em ir embora dali naquele ano. A portuguesa tratou de tudo como um plano temporário, advindo naturalmente desta fase de recomeço, quando os pingos se fazem necessários aos "is". Tentou convencê-lo que sua recuperação era o fim de um trajeto. Ela se sentiu, ou quis que parecesse sentir, haver cumprido sua missão. Então Martinho perguntou: "mas quando foi que você deixou de me amar?", e a portuguesa sentiu aquele frio na nuca outra vez. Os olhos marejados não conseguiram enxergar. Ela sentiu que ainda o amava, e talvez nunca deixasse de amá-lo. Mas naquele exato momento, diante de um homem fraco e ainda tão perto da morte, o amor não era suficiente. Chorando, correu da sala e trancou-se no quarto. Quando saiu algumas horas depois, já tinha data para o embarque.

XIII

SE EU tivesse conhecido a portuguesa na época de sua terceira separação, teria dito "viva a sua dor!". Depois de tudo, o que ela precisava era vivenciar cada pontada da amargura, abraçar-se a um vício, ouvir música suspeita, chorar o amor enterrado até vencer o luto. É assim que se sobrevive. Mas eu não estava ao seu lado para lhe dizer isso e ela fez o caminho mais longo.

Passados quase quatro anos da mudança de país e com a data de retorno avizinhando-se, posso dizer que vi a portuguesa refeita. Em um dos nossos últimos encontros, estava corada, ainda muito magra, mas com aparência bem mais saudável. Sorriu mais, pareceu interagir com o entorno com mais naturalidade. Ainda falou muito de Deus, e de igreja, e de como naquela altura pareceu irônico deixar o país onde encontrou

Jesus. Garantiu, no entanto, que continuaria sua vida religiosa em Portugal. Naquela mesma manhã, recebeu notícias animadoras de Martinho. Aparentemente, ele deu esperanças de que, uma vez que ela estivesse de volta ao país, poderia perdoá-la, quem sabe até aceitá-la de volta. No fundo, a portuguesa não fez nada além de fugir, como fogem os perturbados, e parece que o homem entendeu. Não mencionei que agora ele era quatro anos mais velho que antes, e que talvez não muito tarde precisasse outra vez de cuidados, talvez de novo fosse tomado pela fragilidade. Não quis estragar aquele momento de esperança. Era quase verão e fazia calor. Foi bonito guardar a imagem da portuguesa sorridente.

Naquela tarde, aceitei que a minha filha passasse um par de horas antes do jantar na casa da portuguesa, a brincar com sua menina. Assim, sem que houvesse planejamento, me vi com duas horas livres até que precisasse buscá-la. Eu e meu bebê recém-nascido que dormia tranquilamente em seu carrinho. Procurei um café com algum romantismo, escolhi a mesa com melhor vista do movimento da rua e permiti me perder em devaneios sem lógica, provavelmente alterados pelo efeito dos hormônios da amamentação. É que a conversa com a portuguesa naquela tarde me fez pensar em quem eu teria sido se, como ela, tivesse me entregado a tudo que já chamei de amor. Sim, porque não a enxergo como alguém que largou o amor três vezes. Vejo, pelo contrário, alguém que teve coragem de lançar-se ao incerto a qualquer suspeita de amor. De pensar isso, noto que eu mesma não fui capaz. Alguns amores, apenas ignorei. Não me arrependo, mas e se eu tivesse dito sim? Não pude evitar o raciocínio.

   Se tivesse dito sim ao primeiro rapaz que me amou, hoje eu poderia ser Olga, mulher de Felipe. Casados há vinte e três anos, eles têm dois filhos, uma menina de cinco, um menino de oito, e um casal de labradores tratados como da família. Moram em uma casa espaçosa na mesma periferia onde ele nasceu. Olga é de outro estado. Deixou o interior quando terminou o colegial e precisou encontrar um emprego decente. Foi garçonete de padaria, assistente em creche, companhia de idosos e até cabeleireira, mas deixou de tentar quando casou e teve filho. Exatamente como fez sua mãe em seu momento, Olga abraçou a vida de dona de casa com alegria de realização. De todos os sonhos que cultivou na juventude, nenhum era mais intenso do que o da grama verde, cachorros, crianças, e um marido. Todas as tardes, Olga olha para seu quintal e mesmo que esteja sozinha em casa, revê o filminho da família feliz em um domingo ensolarado, agradece a Deus, e segue com seus afazeres.

   Olga não tem dúvida que ama Felipe, e está certa que a melhor decisão da sua vida foi casar com ele. Quando o conheceu, encantou-se com o bom humor do rapaz, até hoje um galhofeiro, desses que em grupo uma hora chama atenção para si, e ainda que nas mais intrigantes situações, conta uma anedota e quebra o gelo. Olga adora isso. Ao lado de Felipe, ela está sempre sorrindo. De uns tempos para cá, contando-se mais de duas décadas de brincadeiras, claro que algumas soam repetidas, às vezes batidas, sem novidade, sem surpresa, mas ainda assim Olga sorri porque ela gosta do jeito que ele conta, as vozes que ele faz, os trejeitos, as piscadelas de olho. Sim, Felipe é engraçado para Olga. Ainda que de uns tempos para cá, ela fique um tanto envergonhada quando o marido faz piada com travestis, ou negros, ou quando sua personagem feminina é uma otária de peitos grandes. Felipe adora imitar o que seria uma loira gostosona de peitos grandes. Olga se envergonha, mas não deixa de achar graça, afinal Felipe é só um homem de convicções firmes, educado em um velho modelo, o mesmo aliás em que Olga educa seus filhos.

Há três anos, Olga sobreviveu a um terrível acidente de carro. Voltava com Felipe de uma festa, ele dirigia ainda embriagado, e muito sonolento. Olga dormia no banco do passageiro, o marido cochilou ao volante e o carro saiu da pista, ia bater de frente com uma grande árvore quando Felipe acordou e, em uma reação de defesa própria, desviou o carro para a esquerda, protegendo-se da pancada, muito mais forte no lado de Olga, que despertou com galhos tapando sua visão e paralisando seus movimentos. Fisicamente, Olga não guardou sequelas. Teve, inclusive, uma recuperação bem rápida, mas antes passou dois dias sem conseguir mover as pernas, o que causou pânico em todos da família. Nesses dois dias em que duvidou se poderia caminhar de novo, Olga ouviu de Felipe muitos pedidos de perdão, e promessas de fidelidade eterna. Foi natural perdoá-lo, ainda que martelasse em sua cabeça que se fosse ela a dirigir naquele momento, desconheceria esse ímpeto de autoproteção e pouparia a ele da pancada. Mas a alegria de voltar a andar, de ouvir dos médicos "desta vez você foi salva!", e de pensar que assim mesmo é a vida, finita e às vezes nauseante, tudo aquilo fez de Olga quem ela é hoje.

    Quando os dois filhos dormem, e o marido também adormece no sofá em frente à TV, Olga se desliga um pouco desse plano. Passou a fazer isso depois do acidente: ela fuma um cigarro na janela da área de serviço, onde está a melhor vista da casa, de onde pode ver outros telhados e algumas árvores. Todas as noites Olga fuma um único cigarro na área de serviço. A cada tragada, se preenche de uma luz azul que surge da fumaça e toma seu corpo, sua alma e sua mente. Ninguém vê. Olga fuma e se preenche de azul, pernas, braços, mãos, até os olhos são tomados por um azul calmo. Quando termina o cigarro, Olga é toda azul, e reflete azul. Dura apenas alguns segundos, e então as cores retomam seus lugares, mas naquelas frações de tempo Olga se sente a mulher mais feliz do mundo.

    Mas eu nunca seria Olga, sejamos honestos, porque ainda que Felipe tenha me amado com desespero, eu nunca nutri por ele nada além de amizade. Éramos amigos, nos divertíamos juntos, Felipe era engraçado, e eu gostava da sua companhia — mas Deus me livre passar a vida ao lado de um homem engraçado. Quanto mais nos divertíamos juntos, mais certa eu estava de que nunca aceitaria viver uma vida ao lado dele. Chamem de prepotência, mas me achei melhor do que ele desde o começo. Apenas não fazíamos sentido juntos. De nenhum modo. Eu morreria se precisasse ouvir meu marido contar-me piadas todas as manhãs.

Evitei o quanto pude, mas um dia Felipe olhou com seriedade nos meus olhos e falou sobre amor, cuidado, futuro, família. Eu sabia que aquele era nosso fim. Deixei de vê-lo e ele me escreveu uma carta na qual me acusou de ter sido fria e grosseira, mas eu não lembro o que disse, nem como agi quando ele se declarou. Logo depois comecei um namoro com outro rapaz, e deixei que Felipe nos visse juntos repetidas vezes, como se quisesse lhe dar uma lição. Éramos incompatíveis.

Já com Aldo, o risco foi maior. Por ele, eu fui apaixonada, e quase acreditei que era de verdade. Mas quando comemorávamos seis meses de namoro, um recorde na minha contagem juvenil, Aldo disse que precisava conversar, segurou minhas mãos, olhou nos meus olhos, e então revelou ter me traído. Antes de se explicar com detalhes pediu desculpas, um milhão de vezes desculpas, mas já alguma coisa tinha se partido, e se partia ainda mais à medida em que ele pedia desculpas, chorava e pedia mais desculpas, e dizia que me amava. Eu tive tanta raiva que lhe dei um tapa no rosto. Ele não reagiu. Aceitou o tapa como teria aceitado um beijo. O que mais me irritou, para além do coração despedaçado pela traição, foi vê-lo submisso pedindo perdão. Como se errar lhe desse esse direito.

Passamos um bom tempo sem nos ver depois daquele dia, até que um encontro casual me trouxe de volta o Aldo bonito e sensual, cheirando a cítrico. De novo, me pediu perdão. De novo, me prometeu fidelidade. Eu era tão jovem e o tempo representava tão pouco em nossas vidas... Naquela noite, reatamos o namoro. Durou apenas um mês, mas nesse tempo eu de verdade tentei gostar de Aldo de novo. Achei que depois daquela lição, ele seria um bom marido, quem sabe um bom pai para os meus filhos. Por um mês, tentei imaginar um futuro com ele, mas já nos faltou o essencial.

Tive sorte. Aldo teria sido um desastre na minha vida. Ainda hoje é um homem bonito e atraente. Loiro, alto, forte, sorri com os olhos, e gente que sorri assim é sempre cativante. Nunca faltaram mulheres para Aldo, e ele logo me esqueceu. Não me surpreende que tenha se tornado um traidor compulsivo, que se diz vítima de alguma combinação genética que torna impossível manter o próprio pau sob controle. Aldo traiu todas as namoradas que teve, e teve muitas. Sua vida afetiva sempre foi fácil. Quando uma garota vai embora, outra chega. Quando se convenceu que era hora de formar uma família, tomou uma decisão que bem resume seu caráter: escolheu casar com Marília, uma garota alegre e de bom coração, mas parcialmente desprovida de beleza. Uma garota esforçada, simpática, com alguma noção do vestir-se, mas de rosto feio, embora emoldurado por belos cachos castanhos. Seu perfil era de um desequilíbrio difícil de descrever. Estranhamente, Marília tinha tudo para ser bonita, mas era tão feia e sem graça que custou a acreditar que Aldo falava sério com o pedido de namoro. Mas pela matemática do coração de Aldo, ela era perfeita — a alegria e o bom coração fizeram dela uma boa mãe (eles têm dois filhos), e a feiura lhe deu a insegurança que a acorrenta àquele casamento. É como se a desproporção entre a beleza dele e a feiura dela admitisse todas as traições.

Não duvido que Marília seja feliz. E também não me surpreendo se ela nem sequer souber dos casos do marido, que ao menos tem a dignidade de errar bem escondido, na esperança de que o coração não sinta o que os olhos não alcancem. Não me entendam mal, Aldo gosta de Marília. Em casa, se esforça para ser o melhor marido possível. É verdadeira sua gratidão pela família bonita que construíram juntos. E é também de sua índole tratá-la bem, ainda melhor enquanto tenta esconder algum pecado. Já virou hábito: sempre depois de um encontro secreto de muito prazer, Aldo compra flores para Marília e a enche de elogios. Enaltece suas pernas, seu cheiro, seus cachos castanhos, só não menciona os traços do seu rosto. Marília se sente, portanto, amada pelo homem mais bonito de todos, pai dos seus filhos, ao seu lado há uns vinte anos. Que mulher não será feliz assim? Eu bem poderia ter sido Marília.

XIV

JÁ A portuguesa nunca teria sido Marília. Ou Olga. Duvido até que ela conseguisse ser eu. Essa mulher que me foi sendo apresentada naquele ano na Inglaterra não aceitou a felicidade óbvia dos reclames, nem que a vida fosse um interminável completar quebra-cabeças. Aonde essa insatisfação levará a portuguesa? Não sabemos. Mas o que sabem os contentes sobre o futuro?

Sobre o tempo que cuidou de Martinho, a portuguesa não contou muito. Uma vez, deixou escapar que ele era um homem solitário antes dela, e que sentiu o peso disso quando das muitas visitas no hospital, poucos ofereceram ajuda. E, desses poucos, menos ainda ajudaram de fato. A verdade é que a vida dela perdeu completamente a graça naqueles dias. Quando não era Martinho, era a bebê, ou uma das meninas, ou as duas juntas, sempre alguém precisou dela naqueles dias. Nem à igreja conseguiu ir. E mesmo o trabalho voluntário perdeu o sentido: não podia ajudar ninguém porque ela mesma precisou ser ajudada.

Solitária, sem um ombro para chorar as suas fraquezas, os seus cansaços... não me surpreende que depois disso, viver em um país sem falar a língua não lhe pareceu tão descabido. Sozinha, a portuguesa já estava.

O que ela não sabia quando decidiu partir era que carregaria uma enorme culpa por deixar Martinho ainda em estado delicado. Culpa muito bem alimentada por quem estava em volta, diga-se. Se faltaram mãos para ajudar nos cuidados com o enfermo, não foram poucos os falastrões a insinuar que ela não passava de uma desalmada. Dos amigos da igreja, nenhum apareceu para lhe dizer adeus. Na família, ainda sob a sombra da menina suicida, evitou-se comentar. Mas uma vez, na embriaguez do final de um almoço de domingo, alguém aludiu ao assunto, outro sugeriu meio relapso que ela precisava de um médico de cabeça, o pai ficou calado como quem consentiu — era mais do que claro o que pensavam.

Ainda assim, por pelo menos todo o primeiro ano na Inglaterra, a portuguesa pensou que sua decisão foi correta. Era preciso fugir de Portugal. Não deixou de saber de Martinho, afinal as meninas eram elos que os estreitavam, mas distante dele enfim pôde respirar de novo, silenciar de novo. E não há melhor lugar no mundo para silenciar do que na Inglaterra.

De longe, soube da recuperação lenta de Martinho, e comemorou ao seu modo cada passo de retomada à vida. Distante talvez o amasse ainda mais. Na sua ingenuidade, manteve uma abstrata data de retorno à Portugal em três ou quatro anos, tempo que julgou suficiente para ganhar algum dinheiro. Achou que podia seguir assim, distante dele mas o amando até o reencontro.

Mas então chegou ao seu conhecimento a informação que a destruiu de vez: Martinho estava interessado em outra mulher e recebia visitas íntimas dessa dama, ainda que não assumissem ter um relacionamento, pelo menos uma vez por semana. Soube dele próprio, que decidiu contá-la por telefone, antes que ela soubesse por outra pessoa. A portuguesa perdeu o chão. De novo, ela achou que Martinho estivesse velho demais para o amor, e de novo ele não estava.

Foi nesse ponto que a doença se manifestou, o desassossego ultrapassou os limites do suportável. A portuguesa se sentiu sozinha de um jeito diferente. O que vivenciou na Inglaterra a partir dali não pareceu com toda a solidão que experimentou antes. Ela se sentiu castigada. Merecedora. Culpada por ser quem era. Por desistir fácil. Quem sabe os portugueses da igreja estariam certos: uma desalmada.

Por mais que a portuguesa tenha desejado não saber, nada aconteceu na vida de Martinho naqueles anos sem chegar ao seu conhecimento. E cada novidade de sua recuperação passou a ter peso de despedida. Pois quanto melhor de saúde, mais disposto ele se sentia para a nova paixão. Martinho nunca soube ficar sozinho.

A tal dama se chamava Alcina e era também muito mais jovem que ele. Trabalhava em uma das clínicas de fisioterapia que ele precisou frequentar depois do derrame — onde provavelmente teria ido ao lado da portuguesa, se ela ainda estivesse lá àquela altura. Ela era bonita, tinha dois filhos meninos em idade escolar, e um ex-marido confiante em uma reconciliação. Alcina viveu pendendo suas emoções entre o ex-marido e Martinho por um bom par de anos, mas ao final decidiu pelo pai dos garotos, dando espaço para a portuguesa mais uma vez ocupar o coração de Martinho.

Gostaria de saber o que sente verdadeiramente esse homem. Talvez seja apenas mais um acostumado à companhia feminina, desconhecedor ainda do amor verdadeiro. Ou, talvez, o contrário: amou tanto a portuguesa que aceitá-la seria sua única escolha.

XV

ERA UM dia especialmente quente aos padrões locais. Desajeitados com o calor, uma surpresa ainda que em pleno verão, os ingleses tentavam se abanar desejando que o tempo parasse. Não há nada parecido aos dias de calor na Inglaterra. Naquela tarde, decidi fazer minha última intromissão na vida da portuguesa. Meu último traçado desse livro da vida real.

Marcamos um encontro para que as crianças pudessem brincar e se despedir lentamente, visto que a viagem seria dali a três dias. Recebi-as em casa com bolo de coco gelado e suco de maracujá. Enquanto as meninas brincavam, conversamos sobre a vida na mesa da cozinha, eu com meu bebê recém-nascido no colo a maior parte do tempo. A portuguesa estava bem. Contou da alegria da filha mais nova em voltar a morar com o pai. Não pretendia ir direto do aeroporto para a casa de Martinho, mas dava como certa a reconciliação. Em um momento da conversa, me agradeceu por mostrar-lhe a importância de estar ao lado de quem se ama. Disse que eu a ajudei a ver que precisava lutar pelo amor de Martinho. Não me pergunte como fiz isso. Não tenho a menor ideia do que possa ter dito ou mostrado sobre amor.

Passamos horas agradáveis. As meninas se divertiram muito, e minha filha estava de verdade sentida com a partida da amiga. É tão sublime a amizade aos seis anos de idade. Vê-las abraçadas jurando nunca se esquecerem quase me fez sentir culpa pela intromissão que estava prestes a cometer na vida da portuguesa. Mas isso não me deteve, até porque àquela altura eu apenas supunha possível promover aquele encontro. Sabia que minha vizinha Doris costumava cuidar de suas plantas na mesma hora em que organizei a saída da portuguesa. Meu objetivo era me aproximar do jardim como de costume, desta vez acompanhada da portuguesa, e agir para que as duas se conhecessem. Sim, aqui brinquei de ser Deus para que a portuguesa soubesse quem é Doris Smith antes de voltar para Portugal.

Apresento-lhes primeiro, e para isso retomo a uma tarde do começo do outono de 2013. A casa vizinha à minha havia estado fechada por quase seis meses. Três semanas antes, ouviu-se barulho de obra, cheiro de tinta fresca, movimento de mudança. Não sou de espiar os arredores porque estou sempre ocupada demais com a minha própria vida, mas naquela tarde não pude evitar. Eu me postava na varanda do meu quarto, junto à última fresta de sol, solitária e sonhadora, quando a vi de roupão e pijamas, ainda assim muito elegante, a podar flores de um vaso com paciência e cuidado. Seguramente o que me chamou atenção foi a beleza madura de Doris. Os cabelos completamente grisalhos estavam presos, mas alguns fios balançavam soltos. O rosto de traços simétricos não era jovem, ainda assim era lindo, equilibrado em rugas, marcas do tempo, e lábios rosados. Os olhos azuis indicavam que no passado Doris foi loira. O corpo esguio podia ser de uma bailarina. Suponho que Doris tinha mais de oitenta anos.

Ela também me viu naquele dia e educadamente me cumprimentou. Tivemos um rápido diálogo em um tom de voz um pouco mais alto, eu da varanda do meu quarto, ela do seu jardim. Contou que levava menos de mês na casa, vivia acompanhada do marido, "embora hoje ele seja mais uma ausência do que uma presença". E resumiu: "meu marido está muito doente, nos mudamos para ficar mais perto do hospital onde ele faz tratamento, e onde às vezes fica internado". Fiquei sem reação. Mesmo sabendo que estaria agindo fora do habitual nesse país, ofereci ajuda. Disse que estava à disposição para o que precisasse, uma xícara de chá ou um livro para ler, que contasse comigo. Claro, quando voltei ao meu quarto me senti ridícula oferecendo companhia a alguém que acabara de conhecer, mas segui um instinto e meus instintos nunca falham.

Decerto, Doris nunca me pediu companhia, mas sei que ficou tocada com minha oferta e uma janelinha de intimidade se abriu entre nós. Não nos víamos com tanta frequência, porque nem sempre ela saía de casa, a não ser nas tardes de verão em que religiosamente aguava as plantas e às vezes as podava. Não raro coincidia de eu estar tomando sol na varanda do quarto ou voltando para casa com a minha filha. Nessas oportunidades, me aproximei como se aproximam os fiéis. Não quis nada além de estar ao seu lado. Desejei ser amiga de Doris.

Ao longo de alguns verões, entendi esse estado de devoção que senti desde o início. Claro, estava submergida por sua beleza de majestade — apenas as rainhas (além das feiticeiras) costumam ter esse dom de parecerem lindas em um ideal diferente do nosso. Inalcançáveis. Doris era bela nessa proporção, ainda que a tenha conhecido cansada e solitária.

Não foi surpresa descobrir que na juventude ela foi modelo fotográfico, apareceu em comerciais na televisão até os cinquenta anos, e só não virou atriz de cinema na juventude porque o destino lhe trouxe possibilidades mais amenas, e Doris sempre preferiu a vida leve. Ainda era uma menina quando seu rosto apareceu no anúncio de perfume e toda a Inglaterra conheceu sua beleza. Nascida em família de ex-milionários mas nunca pobres da aristocracia inglesa, Doris começou cedo a ter seu próprio muito dinheiro. Foram pelo menos sete grandes contratos de trabalho antes dos vinte anos. Aos vinte e dois, não quis mais trabalhar e apressou-se em viver. Viajou Ásia e América, conheceu gente de todas as partes do mundo. Vez ou outra interrompeu a rotina de viagens e festas para uma sessão fotográfica. Mais algumas campanhas publicitárias e estava de volta à vida de luxo e preguiça.

Casou pela primeira vez com um empresário ainda mais rico e ainda mais hedonista que ela. O que sei de James, o primeiro marido de Doris, é que ele promoveu abrilhantadas festas na Londres dos anos sessenta. Até os Beatles foram como convidados — sei porque vi as fotos que Doris guarda orgulhosa em uma caixa de marfim. Também vi uma foto em que ela aparece entre Gregory Peck e a princesa Margaret em uma *première* em maio de 1964. E ainda uma foto dela com Jean Shrimpton, com quem dividiu uma campanha publicitária de sapatos em 61 ou 62 — sorriam abraçadas no retrato, pareciam amigas.

Naturalmente, naquela vida agitada não houve tempo para pensar em filhos. Ou ao menos não houve tempo suficiente, pois Doris ficou viúva aos quarenta. Nos dez anos que se seguiram à morte de James, Doris esteve refugiada em seu apartamento no Soho, de onde acompanhou em semi-reclusão as transformações de Londres nos anos setenta. Aos cinquenta anos conheceu Barney, por quem aceitou deixar Londres pelo interior da Inglaterra, com quem divide a vida há mais de três décadas, e de quem agora sente falta mesmo estando presente.

Doris e Barney tinham uma linda história de amor, a qual adoraria conhecer detalhes. Era visível que havia entre eles uma intimidade de alma. Por um par de vezes, quando ele teve alguma melhora, os vi no jardim, sentados lado a lado como namorados, a conversar risonhamente, leves como são os amantes. Mas havia também os dias em que ela aparecia sozinha no jardim, aparava as plantas como se meditasse, acho que a vi chorar. Barney podia passar semanas sem sair da cama. Pior foram as vezes, e não poucas, em que a ambulância estacionou diante da casa, no silêncio da madrugada ou quando a tarde sibilava. E então Barney passou dias no hospital. Era quando a mudança para aquela casa fazia sentido. Doris ia em todos os horários de visita, mesmo que ele não pudesse se comunicar. Eram os dias mais cinzas para Doris, quando passava mais tempo no jardim plantando e desplantando o que de qualquer jeito morreria no inverno.

Ainda assim, Doris não era triste. Havia uma resiliência em seus atos que aprendi a admirar, e talvez fosse exatamente isso o que quis que a portuguesa conhecesse. Sim, um bem-intencionado beliscão na alma, na tentativa assim de testar a portuguesa. Porque quanto melhor conheci Doris, mais certa estive de que aquele casal sim se amou, e ouso insistir: eram almas gêmeas que por sorte se encontraram. Não entendo nada de amor, esclareço, mas não é óbvio que não se foge quando o outro mais precisa? Doris nunca duvidou que seu lugar fosse ao lado de Barney, ainda que ele estivesse desacordado e respirando com ajuda de aparelhos. Fugir, como fez a portuguesa, não seria a prova mais clara de que o amor não era assim tão profundo a ponto de resistir às desesperanças da vida? E mais, amor não profundo não existe. Ou nem é amor.

O plano deu certo. Quando abri a porta da minha casa, acompanhando as visitas, avistei Doris, elegante em uma parca cor de caramelo a esconder um caseiro conjunto de moletom, aguando e podando *foxgloves* e *plumerias* resistentes, como um último suspiro de primavera. As crianças já corriam pelo jardim da vizinha quando me aproximei com a portuguesa ao lado e meu bebê no colo. Nos saudamos como de costume, fiz algum comentário sobre as flores ainda com frescor em pleno verão antes de apresentar a minha companhia naquela tarde. Senti que houve empatia imediata entre a portuguesa e Doris, talvez pelo jeito que sorriram. Apressei-me em dizer que ela não falava inglês e me coloquei gentilmente como intérprete, levando a conversa para as belezas naturais de Portugal, indicando que dali a três dias, minha amiga estaria em terras mais ensolaradas e cativantes. Doris falou com fisionomia de saudade a recordar viagens à costa portuguesa na juventude. Eu segui traduzindo para uma e outra, mas eram poucas palavras e muitos gestos, e algumas vezes elas se entenderam sem a minha interrupção. A portuguesa resumiu romanticamente seu retorno. Disse que voltava para restaurar um erro. Com sorte, também um marido. Doris sorriu.

Nesse momento, por um daqueles acasos que mais atrapalham, senti que a inquietação do meu bebê nos meus braços tinha um motivo, e era preciso aliviá-lo antes que começasse a chorar. Pedi licença, voltei à casa e tentei apressar o quanto pude minhas obrigações de mãe. Pensei: "como ficarão a portuguesa e Doris, sem uma língua que as identifique?". Do quarto, enquanto troquei a fralda, pude ver que conversaram com entusiasmo, e que a partir de certo ponto da conversa, a portuguesa parou de gesticular e assistiu Doris falar, exatamente como eu fiz tantas vezes. Mas como, se ela não entendia a língua? — essa pergunta segue ainda hoje sem resposta.

O que vi a seguir foi decerto a imagem mais inconcebível. Primeiro a portuguesa se aproximou estendendo os braços como se pedisse ajuda, Doris a envolveu em seus braços, elas apoiaram seus corpos uma na outra, cheiraram seus perfumes e seus *shampoos*, suspiraram uma no abraço da outra, não acho que estivessem se confortando. E então o inesperado. Não estou louca, eu vi: seus corpos recuaram e então seus rostos se aproximaram ainda mais, os lábios se uniram, e se tocaram sem pressa, como fazem os amantes em despedidas. Sim, aquilo foi um beijo. Lento e confortável. Um beijo de lábios. De longe, do que pude ver, um beijo de amor.

Quase esqueci que tinha um bebê nos braços quando vi. Devia ter me apressado para alcançá-las ainda inebriadas daquilo que não sei nominar, mas perdi alguns minutos a dar ordem ao pensamento. Foi um beijo.

Também não sei o que falou Doris naqueles minutos, que palavras teriam aberto sua alma nessa proporção toda, apenas sei que ao retornar ao jardim encontrei ambas visivelmente emocionadas, a portuguesa parecia estar a um suspiro do choro. Doris pediu licença apontando para o interior da casa, a nos recordar que alguém a esperava. Eu e a portuguesa voltamos em silêncio ao meu portão. Ela não me perguntou nada, mas provavelmente como reação ao meu choque de minutos antes, comecei a falar sem ser questionada e contei resumidamente tudo que sabia sobre Doris, e também sobre Barney. A portuguesa ouviu com atenção e em silêncio. Estava pálida. Nos despedimos e eu fiquei sem entender a cena que havia testemunhado. O calor persistiu ao entardecer e eu só consegui sentar na grama com meu bebê no colo e minha filha ao lado, e respirar. Lembro de ter pensado naquela altura: Então é isso? Então é assim que acaba a história da portuguesa?

XVI

ENSAIEI UM modo de ver a portuguesa mais uma vez antes do embarque, mas não tive coragem de procurá-la. Estive muito confusa. A imagem do beijo persistiu por dias. Doris nunca sequer me beijou a face, ou me abraçou, ou mesmo me tocou em anos de cumplicidade de vizinhas. Não quero dizer que éramos amigas, mas decerto a portuguesa não era. Elas apenas tinham se conhecido. Não falavam a mesma língua. Elas não podiam se entender com palavras. Ademais, estamos na Inglaterra, as pessoas aqui não se tocam sem que haja uma intimidade estabelecida pelos dois lados. E por Deus, quem se despede de uma mulher de oitenta anos com um beijo na boca?

Um dia antes do embarque da portuguesa, vi a ambulância parada em frente à casa dos vizinhos logo cedo. Não sei se levava ou trazia Barney. Era parte da rotina, mas naquela manhã senti ainda mais pena de Doris. Meu pensamento estava nela quando o telefone alertou a chegada de uma mensagem da portuguesa: "aceitarias um convite para um chá nesta tarde? A cabeça está tão confusa, precisava da sua lucidez". Claro que aceitei, e recebi como resposta: "Por obséquio, tente ir sem as crianças".

Quando cheguei ao café, sem as crianças, a portuguesa estava sentada olhando imóvel uma xícara vazia. Precisou de alguns segundos para me reconhecer e talvez entender o que fazia ali, como se voltasse de uma viagem por suas profundezas pessoais. Enfim, disse que havia chegado bem mais cedo, e aceitou uma segunda xícara de chá, dessa vez sem leite. Mal sentei ao seu lado e ela disse: "Preciso me refazer, minha cabeça está em pedaços."

O que ela me falou naquele dia teve o amargor do arrependimento e o medo de não conhecer a si mesma. Seu temor era que no futuro, quando Martinho de novo precisasse dela, se um dia precisasse, os sopros na nuca voltassem e ela então não teria outra alternativa a não ser fugir. "Mas dessa vez eu não posso falhar, eu não quero falhar", disse em desespero escondendo o rosto nas palmas das mãos. Respondi ao seu alento com a minha frase de sempre: "A vida não precisa ser tão complicada assim".

Quando enfim a portuguesa pareceu mais relaxada, entendendo o descabido de preocupar-se com o futuro, tentei levar a conversa para os meus interesses. Perguntei se o encontro com Doris teve alguma relação com seu estado depressivo e febril. Respondeu que talvez. Naturalmente, a imagem de entrega de Doris a Barney a fez pensar se chegou a amar Martinho tanto assim. E amou? Honestamente, a portuguesa não poderia responder. Não há métrica que calcule qual amor é mais profundo. Resignar-se ao destino não faz de ninguém melhor amante. E do jeito que fosse ainda assim era amor, e não interessa o quanto pesa, ou o quanto flutue, porque ainda assim era amor. Acho que foi a essa conclusão que chegamos nós duas depois daquela conversa.

Nos despedimos com um abraço longo e sincero. Nós duas sabíamos que aquele era nosso último encontro.

Sobre o beijo, nada soube. Não consegui sequer mencioná-lo. A única vez que tentei, algo me deteve e subitamente duvidei se o que vi foi mesmo um beijo.

XVII

ANTES DE dar como terminado este livro, me chegou a notícia da morte de Barney. Fomos à cerimônia de cremação e lá soube de Doris. Abatida, esteve todo o tempo amparada por amigos da sua idade, mas não falou com ninguém, nem tirou os óculos escuros. Alguém comentou que voltava ainda naquela noite para seu apartamento no Soho, que de alguma maneira estava pronto a sua espera. Ali viveria o resto da vida. A casa ao lado continua fechada.

Já da portuguesa, não soube de mais nada. Apaguei o seu contato e bloquei seu número. Fiz isso planejadamente quando decidi escrever este livro. Assim, penso, protejo-me se um dia ela se reconhecer e talvez me odiar. Sinceramente, acho que nunca dará conhecimento dessas linhas, ainda assim cortar todos os laços me pareceu honesto. A portuguesa, então, deixou de existir na minha vida para nascer no papel. Já não sei dela. Nem saberei. Antes dessa morte que algo me custou, admito, lhe enviei uma mensagem de texto (contava um mês de sua partida): "Hoje minha filha lembrou da tua. Como estão todos? Aposto que curtindo dias mais ensolarados e quentes que aqui". A resposta veio algumas horas depois: "As crianças reclamam que é calor demasiado, acreditas? Eu já não reclamo de nada desta vida". E nenhuma palavra mais.

Este livro foi feito por leitores, autores e editores na plataforma de edição em rede motoreditorial.org

Alexandre Staut
Aline Lima
Alva Hogan-Stephens
Ana Carolina Franco
Carla França
Celso Masson
Chrystiane Silva
Constança Guimarães
Constancia Figueiredo
Daniela Lacerda
Daniela Picoral
Daniella Maaze Merschdorf
Deni Bloch
Denise Neves
Décio Sanchis
Evaldo Gomes
Fábia Prates
Fernando Gusmão
Gisela Sekeff
Ilana Rehavia
Jairo Barbosa
Jamilly Costa
José Eduardo Costa
Juliana De Mari
Karen Cunsolo
Laura Hogan
Laura Somoggi
Lee Stephens
Manoella Valadares
Marcelo Negromonte
Márcia Barbosa
Márcia Figueiredo
Marcos Lavieri
Maria Adália Barbosa
Mariana Caetano
Mariana Cotrim
Mariella Lazaretti
Marta Ponzoda
Max Santos
Milena Viana
Mylene Bárbara
Patrícia de Cia
Paulo Prado
Priscila Pezato
Rafael Filipi
Richard Stephens
Roberta Malta
Roberta Pires Peregrino
Rodrigo Castro
Roldão Arruda
Rossana Fonseca
Sérgio Teixeira Jr.
Silvia Gusmão
Sônia Barros
Thamar Dias
Wanda Nestlehner

Licenciado em regime de Atribuição-NãoComercial-Compartilha Igual 3.0 Não Adaptada (CC BY-NC-SA 3.0). Os leitores são livres para compartilhar, desde que crediem os autores e a fonte original e que não usem para fins comerciais.

Revisão   Carla Monteiro

Desamores da portuguesa : Marta Barbosa Stephens — Rio de Janeiro : Livros de Criação : Ímã editorial, 2018, 112p; 21 cm.

ISBN   978-85-54946-04-3

1. Romance Brasileiro

CDD B869

Ímã

Ímã Editorial | Livros de Criação
www.imaeditorial.com